LOCUS

LOCUS

LOCUS

LOCUS

catch

catch your eyes；catch your heart；catch your mind……

catch 97
親愛的魔毯

喻麗清 著
責任編輯：韓秀玫　特約編輯：王開平
美術編輯：李香雯
法律顧問：全理法律事務所董安丹律師
出版者：大塊文化出版股份有限公司
台北市105南京東路四段25號11樓
讀者服務專線：0800-006689
TEL：(02) 87123898　FAX：(02) 87123897
郵撥帳號：18955675　戶名：大塊文化出版股份有限公司
e-mail:locus@ locuspublishing.com　www.locuspublishing.com
行政院新聞局局版北市業字第706號

總經銷：大和書報圖書股份有限公司
地址：台北縣五股工業區五工五路2號
TEL：(02) 89902588（代表號）　FAX：(02) 22901658
初版一刷：2006年2月
定價：新台幣220元

ISBN 986-7291-95-6
Printed in Taiwan

親愛的魔毯

喻麗清 著

【起飛】

親愛的魔毯

我坐在輕鬆的草原裡，慢慢把破布般摺疊著
的夢開展；
這就是我的工作。我細心地把心中
更美麗更新鮮更適合於我們的花紋織
在上邊；
預備著……將來……
這就是小孩子們的花園。

——徐玉諾

作家應當有穿梭時空的特異功能，我想。

看，中世紀那些文藝復興人：雕刻繪畫寫詩建築無所不能，說義大利話讀拉丁文書，猶有餘暇天文地理考古發明一番，宛如會走路的百科全書，究竟是掉入凡間的天使還是和撒旦私通的附魔者呢？

這些外星人似的文藝分子，沒當成巫師送去火刑夠好運了。回頭想想，希臘神話裡掌文藝大權的可不是個大酒鬼（美其名叫酒神）嗎？時常藉酒發瘋、好色亂倫，分明是眾神中的異端分子。

比起希臘神話，但丁的《神曲》好像不怎麼稀奇了。牧羊神吹著蘆笛，愛神射著亂箭；太陽神的金馬車四個輪胎是天然瓦斯爐一路燃燒著向西方滾過去；普羅米修斯膽敢去阿波羅那兒盜火……神的世界，充滿了荒謬色情與暴力，但人類乘著幻想的翅膀，從沒有飛得那麼高過。

飛，莫非是古人最高最終極的夢想？偏偏，希臘諸神的悲壯或嬉鬧裡，唯獨飛的故事是一種傷痛。

有那麼一對父子，異想天開，用蠟把羽毛一根一根黏成翅膀，終於在命運之神微笑的那一天，做好了兩對人工翅膀。老父替興奮雀躍的兒子把張開的雙臂改裝成兩翼，一面叮囑：飛上了天空，千萬記著不可離太陽太近。兒子說：知道啦知道啦，快點快點讓我飛吧。

啊，張開幻想的兩翼，凡人終於起飛了。無與倫比的狂喜中，兒子忘了遠近忘了太陽忘了人的宿命。蠟開始熔化羽毛一片片脫落的時候，父子倆才明白命運之神微笑的原因。

花了一生的起飛，不過一閃神的失敗，就……墜海而亡。

冒險的高度原是沒有極限的，但太慘痛的教訓不得不使人先行設限。多少人想好了降落，才飛。多少人巴望著旅行，但離開了還是要回來，回到所謂的家。

飛，如今只是爲了離開。

所有暫時的離開裡，也許只剩下讀與寫與古之飛行相近了（寫的本質是飛，讀的本質是旅行）。爲了更高的靈魂視野，我們的思想一次次起飛，去創造最大的冒險。

以前讀書，爲了搜集飛翔的羽翅。里爾克説：即使每一天不是靈感本身，也是通往靈感之路。現在我讀書：讀別人的高度、讀別人的墜落，也讀出別人的翅膀來。

在小孩子們的花園裡，即使園丁，也有他破布般的夢想……這就是我的工作吧？我想細心地把那些美麗新鮮又適合於將來的花園的樹叢修剪出來……

不需要蠟和羽毛，不需要離家出走，文學是我親愛的魔毯，隨時出發隨時降落。

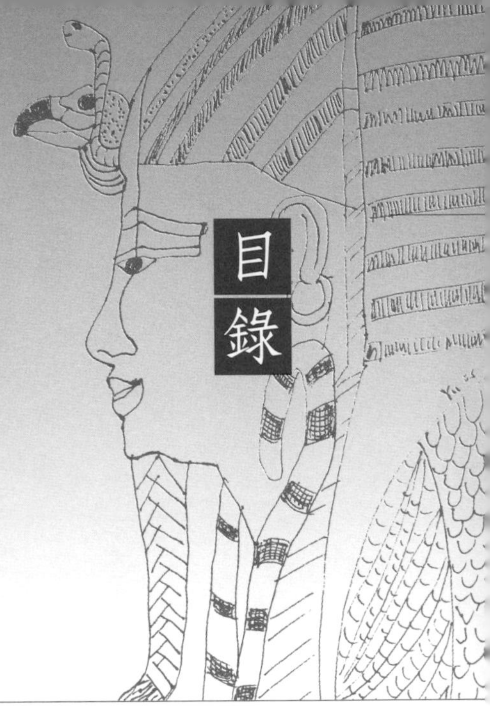

目錄

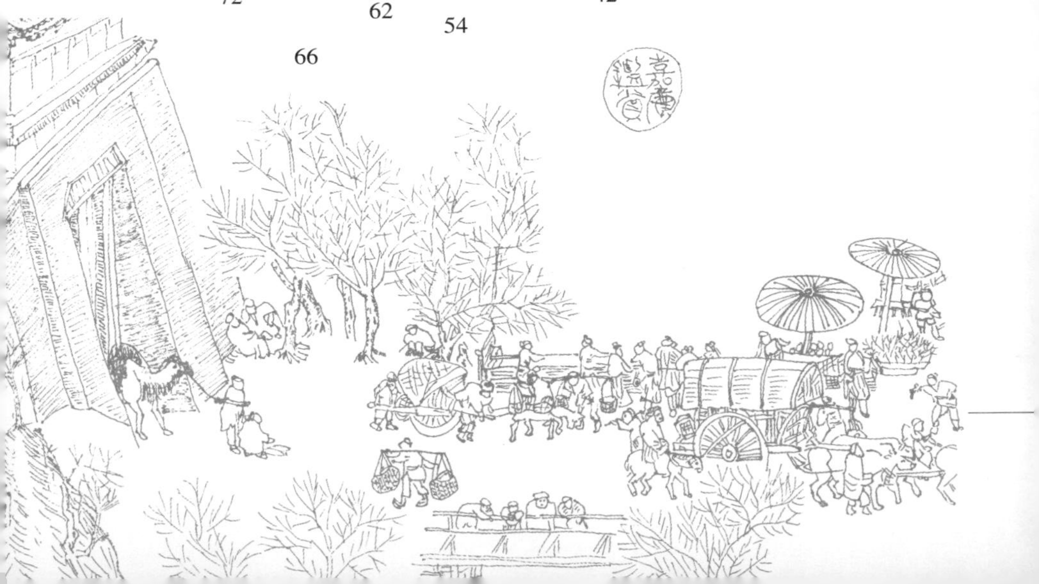

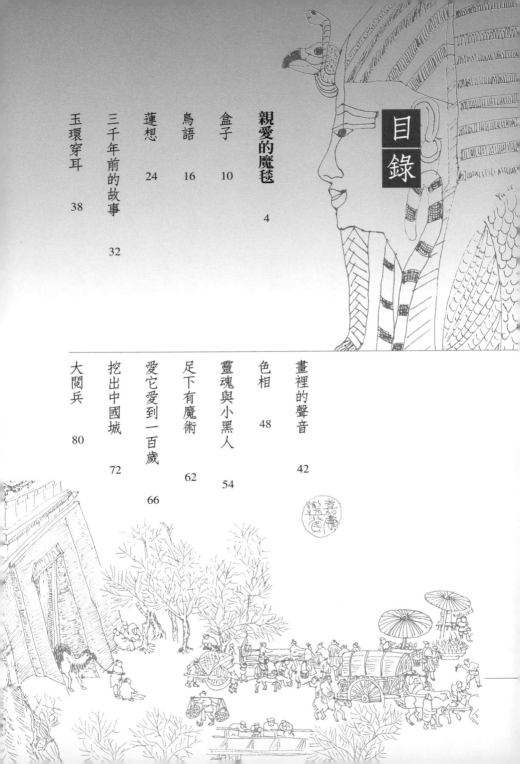

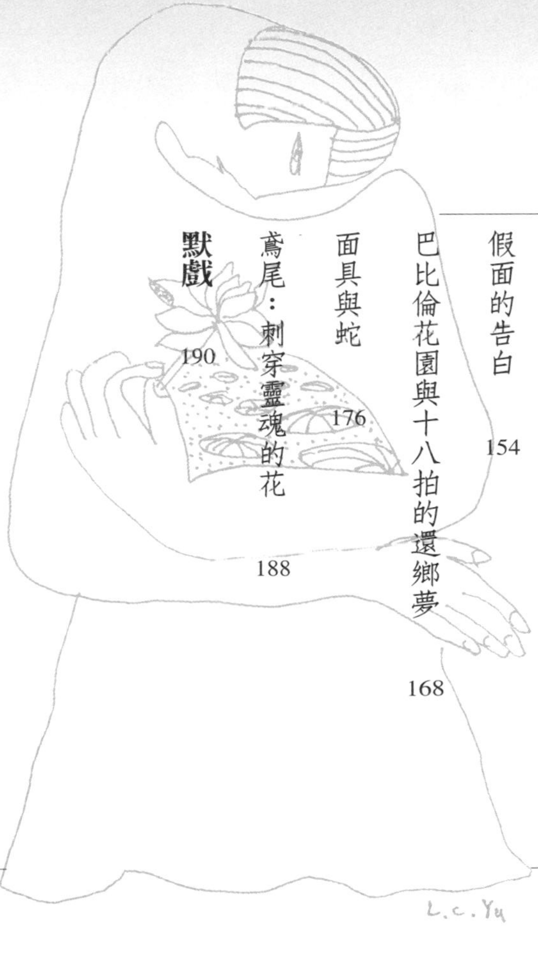

L.C.Yu

盒子

我喜歡盒子，各式各樣的盒子：大的、小的、迷你的；紙的、木的、鐵的、石的；看見的以及想像的……。

盒子的魅力，在於它可以有內涵。空著的時候，可以放進什麼。打開的時候，可以找到什麼。開啓了，是內容。關上了，是寶藏。它擁有的內涵的可能性，又彷彿無限。因爲，空——是一種靜默，既可以是嚴肅的又可以是遊戲的；實——是一種飽滿，實在的、實用的、踏踏實實的「佔有」；所以盒子無論是空的還是滿的，都叫人歡喜。

我愛收集盒子。由三五牌香菸的小鐵盒到波蘭製圖案木雕方盒，由印度人面銅盒到韓國嵌鑲彩貝的漆盒，由裝隱形眼鏡的到裝聖誕禮物的，由女兒學校做的手工到有音樂的首飾盒子……只要稍具特色，無不集而藏之。

巴爾札克的小說裡，寫過一個住破樓、穿破衣、吃麵包白水的猶太人，一到舊貨攤上看見古畫眼睛就發亮。人家以爲他連冬天買煤的錢都沒有，可是死後卻在他的壁爐裡發現用床單包裹的許多珍貴名畫。我雖然看見櫥窗裡許多漂亮盒子，眼睛也會發亮，可是，看完價錢有時也懂得放手。

奇怪的是從前我窮，買了不少盒子。忍痛咬牙的掙扎，歷歷在目。現在，卻不那麼想買了。有時候想到它們在店裡的「命運」或許比在我手中的好，反而釋然。對於盒子的愛是現在多，是從前多？我不知道。但是，我清清楚楚知道我心中收藏的盒子是愈來愈多了。

最早的一個是希臘神話裡頭潘朵拉的盒子。那盒子裝著疾病與災禍，潘朵拉好奇，盒子一開，統統放到人世間來了。幸好她蓋得快，把「希望」還留在盒裡，成了人類的「希望之盒」。盒裡乾坤，還有比這更具神祕色彩的嗎？

天上的寶盒或許只有一個，地上的卻有無數。其中皇帝的玩具箱——多寶格圓盒，絕對是盒中之盒、寶中之寶。大盒裡有小盒，小盒裡尚有套匣，套匣中又有屜。百寶盡藏。做皇帝，實在過癮。

能跟皇上的多寶格別苗頭的，大概只有貴婦人的首飾盒了。現代的首飾盒子愈做愈大，形同小箱子，嵌著鏡子，配著音樂。女人玩此喪志的，不在少數，張愛玲的小說〈色‧戒〉，就有個爲了一隻鑽戒走上自亡之路的少女。皇帝的多寶格裡，當然不會有贗品，誰敢冒殺頭之險？可是，貴婦人的首飾盒，一隻假鑽亦可躺在絲綢做裡、厚絨裏外的盒裡，變成溫柔的騙局。能用金錢收買愛情的時候，誰不想一試？

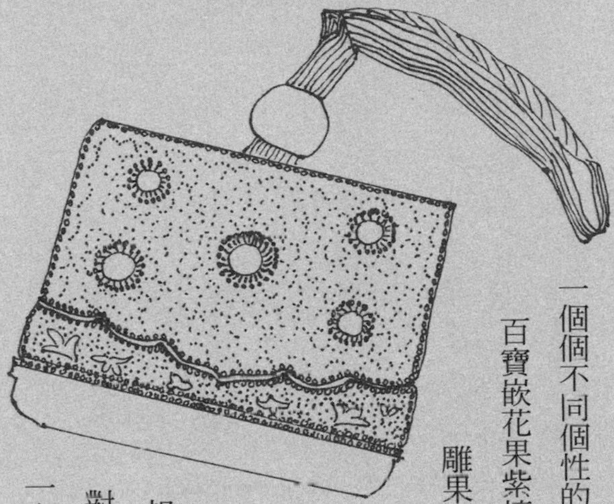

平常的盒子，按用途分，就叫什麼鏡盒、硯盒、墨盒、印泥盒，乃至於鞋盒。按質料分，又叫它木盒、鐵盒、瓷盒或者玻璃盒子。可是，骨董商人或者考古學家他們叫起盒子來，眞是有名有姓，好像是一個個不同個性的人物。你瞧：

百寶嵌花果紫檀盒。青瓷蓋盒。烏金釉盒。插彩圓盒。牙雕果盒。雕竹透花盒。碧玉心形盒。剔紅牡丹小圓盒。六葉形鎏金銀盒等等……就連皇上放點心的食盒，也叫做春壽寶盒。

有的盒子，一套二、二套三……套成五小奩、九小奩。有的盒子，想法子連在一起成爲組盒：如象牙連鍊小盒；清代金製一對蟠桃，大小各一，長在同一枝幹上，也是一套組盒。

對我而言，日常最實用的盒子要算鞋盒。我拿它裝信、裝剪報、裝垃圾。有時候，女兒的鞋盒放在我的鞋盒裡再放到他的鞋盒裡，成了套盒。有時候，落在一起層層疊疊形同組盒。

照字面解釋，「盒」是蓋與底相合者。其實，匣也有盒子的作用，卻無蓋底之分，像裝書的函匣——古書錦函。另外總督、巡撫上任時，皇帝即賜裝奏摺用的報匣若干，准許他私下向皇帝通報。報匣有兩把鑰匙，一把隨同報匣賜給大臣，一把由皇帝親自保管。裝屍體的玉匣是殮葬品，迷信可以保護屍體。又叫「金縷玉衣」，是用玉片做成的衣服將屍身包裹，藉以不朽。

在《故宮文物》讀到「粟紋金珠火鐮盒」，非常著迷。用金子燒成粟米似的小珠鑲到金盒上的工藝，雖然嘆為觀止，可是，我喜歡的是那小小火鐮盒。

火鐮盒，就是皇帝的火柴盒。是一種扁形套盒，為取火之器。盒內裝火石一片、火絨一團，火絨是用艾或紙加硝水揉成。盒子外緣安鐵爲刃，取火絨少許放在火石上，以鐵刃擊撞，使火星落在絨上就可以著火。

往抽象的意義上看，其實，汽車不過是行的盒子，房屋是住的盒子；心是無限大的小盒子，而我們的身體不過是五臟六腑的盒子。

是的，設若五臟六腑爲底、七情六慾爲蓋，底蓋相合時，應當可以關牢我們的靈魂。我的身體便是我的潘朵拉之盒——我最初的、也是最後的一個盒子——而那無限大的小希望，它是我一點祕密的內涵。

鳥語

年輕的時候，爲了講究情調，可以犧牲點別的東西而不心疼。

譬如：雨中出門散步，微雨飄在髮上身上鞋上，心裡覺著瀟灑，絕不會顧惜衣服是否只能乾洗、皮鞋才新買之類的瑣屑細事。

又譬如：剛買了房子，有壁爐、有煙囪，好巴望著天冷啊。天一剛冷，迫不及待要生起火來。爐火熊熊的，有情調嘛！可管不了火著前的烏煙、火旺時的燥熱以及火燼後的爐灰了。

還有，晚餐點根蠟燭，摸黑吃飯；帶著野餐到百花園裡去，一會兒蜜蜂、螞蟻都同來共餐……等等。

想起年輕，啊，眞是連傻氣都有情有調的樣子。

不過，人老了便也會懂得爲了別的什麼，還是犧牲點情調的好。譬如我家的壁爐與煙囪，多年來形同虛設。有幾個聖誕節，差一點也忍不住要生起火來，最後還是打消了那點情調之心。原因就爲了煙囪裡頭住著的那一戶「鳥人家」。

在康乃爾大學出版的鳥類學季刊，看到一篇專講煙囪雨燕的文章，我就猜想我那煙囪裡從未謀面的鄰居是雨燕吧。那文章形容千隻雨燕黃昏歸巢的情景——「宛若一縷縷黑煙倒吸回煙囪裡去」，燕子化身成了輕煙，使我面對歸鴉數點的天空或聽見煙囪裡一陣吱喳的時候，多得許多額外的詩意。

有時候我也很留心聽那煙囪裡傳來的鳥聲，想記錄一下，好像研究學問的樣子。可是，文字的無能爲力，眞叫人洩氣。我不禁想到公冶長那個了不起的鳥類學家，大概也是受了文字的限制，才沒有留下鳥語的解密書。一張圖片抵過千言，一句鳥聲可以唱成一小節音樂。文字跟照相機、錄音機比起來，眞像是落伍的「手工藝」。

近來無事，翻閱《台灣鳥類彩色圖鑑》自娛。張萬福教授所注各鳥的鳴聲，非常之精彩。始信手工藝亦有巧拙，事在人爲。

譬如：冠羽畫眉的鳴聲是「土米酒、土米酒……」，想成Please to meet you-to meet you……，誰聽了都會莞爾一笑。這種聯想可不容易，好像一門「翻譯學」。

最約定俗成的例子，要算布穀的鳴聲了。「穀雨後始鳴，夏至後乃止」的鳲鳩，農人大都稱牠勃姑、小姑、步姑，到了讀書人耳裡，就成了「布穀」，催人趕快播種春耕。其實，鳥兒們邊叫邊忙戀愛、忙成家，非常自顧不暇。

有幾種鳥放在一處，聽牠們輪流叫，一定極有意思，像打電話：

小烏秋：喂、喂，總機——

鸚嘴鵯：嗯嗯——誰呀？

小翼鶇：唏——是啦，是啦，是啦。

黃山雀：是誰——是誰——

有些鳥聲與我們熟悉的聲音類似，「翻譯」起來不難。諸如褐色叢樹鶯：像打電報，滴答滴、滴答滴；白耳畫眉：像機關槍又急又快的「得得得……」；五色鳥：如和尚誦經的木魚聲；琉璃鳥：煞車聲「茲——」。

有兩種鳥像人們的笑聲，大笑「噢——嘿、嘿、嘿」的是白喉笑鶇；輕率地笑「啼、啼、啼、啼——啼、啼」的是金翼畫眉。

有的如小雞叫（青背山雀）；有的如貓叫（水雉和鵂鶹）；有的單純「追、追、追」、「救、救、救」；有的極爲複雜，複雜到原住民用牠——繡眼畫眉——叫聲的次數及發音位置來斷吉凶，是謂鳥卜。

至於鴿子「咕、咕嚕咕」含著一口痰似的「醜陋聲」和貓頭鷹「忽、忽忽、忽」之類的聲音，不知道算不算我們一般觀念裡的「鳴」聲了。

大抵「鳴」總要悅耳。有的鳥聲的確可以用五線譜來記錄。譬如：雄白尾鴝唱的是「Mi、Do Re Mi」。最巧的是有次電視節目介紹一種鳥的叫聲，跟貝多芬第五交響樂開頭四個音完全一樣。

知識是一種沉重的負擔，有時候。誰不想聽懂鳥語呢？可是，人類的貪得無厭並不會因享受「能懂」的樂趣而中止。目前，我們對於鳥語的理解，僅只停留在知道大都用於「求偶」。人類卻還發明一種哨子，吹出來的聲音跟雄雁向雌雁求愛的叫聲相似，結果獵鴨獵雁季節，這一種「鳥語」此起彼落成了兇器。

你怎麼能想像用「愛與性感的召喚」扮成騙局，來行獵、來取樂？我想，那些打獵人，大概不會想到死於槍下的呆頭鴨，多半是些盲目的「殉情者」吧！

除了騙，人類還有「好爲人（鳥）師」的劣根性。要訓練八哥說話——說人話，據說要把鳥舌「修剪」一下。此外，替鸕鶿的脖子套個環，當捕魚工具；把漂亮的鳥羽扯來做帽子或捕了黃鸝圈在籠裡消遣……等等。公冶長的「釋鳥語書」不寫也許是聰明的；上帝沒給我們翅膀也許是故意的。

《世界童話大會》中國的那一則，說的是〈皇帝與夜鶯〉的故事，小時候常念給女兒聽，印象深刻。

故事說：中國皇帝的花園裡有一隻夜鶯，歌聲悅耳，全國百姓都喜歡，常常跑來聽牠唱歌。唯獨皇上太忙，不知道有此一寶。有一天，連皇帝的親戚——日本國王都聽說，派了大使來探問夜鶯之事。皇上大怒，限令大臣即刻把夜鶯找來，「否則殺頭」。

皇上說：「我是一國之尊，竟從來沒聽過世上最美麗的聲音？」

大臣急忙把夜鶯請去獻唱。夜鶯輕展歌喉，唱得水柔山青。皇上一聽，感動得掉下淚來。

皇上問：「我能給你什麼報酬呢？」

夜鶯說：「你的愛與眼淚，是我最好的報酬了。」

皇上因此把夜鶯養在寢宮，日日聽牠唱歌。好景不長，不久，日本大使送來日本國王的「機器金鳥」。用金子和珠玉鑲成的這隻機器鳥，扭上發條，竟也能唱出跟夜鶯一樣美妙的歌。皇上喜新厭舊，夜鶯於是黯然離開了皇宮。

故事結尾倒不是悲劇，大概是「童話」的緣故。後來，機器金鳥的發條斷了，再也不能發聲，皇上才想起夜鶯，一想就想成了病。正當死神來到床前「催駕」，夜鶯飛了回來，在窗外枝頭上婉轉開唱。死神聽了牠美麗的歌聲，竟感動得羞慚起來，離開了皇上，皇上的病就好了。夜鶯與皇上於是「快快樂樂過了後半生」。

這則童話，我想多半是洋人杜撰的。我小時候可沒聽過。現在讀了些鳥書，更覺得故事的「中國血統」可疑。因爲夜鶯產於歐洲，色豆褐並不漂亮，雖然「雄者啼聲可愛，聽者易被感動」。

若眞是取材中國民間故事，我想夜鶯也許是黃鶯的誤譯。杜甫有詩：「隔葉黃鸝空好音」，黃鸝就是黃鶯。黃鶯，「色黃而美，嘴淡紅，鳴聲悅耳」，連《詩經》都有記載。

中國皇帝不愛宮妃、不愛金玉，愛的卻是一隻唱歌的鳥，洋人對中國人「寵愛有加」可以想見。夜鶯的鳴聲，居然連死神都動心，世上還有什麼更高的讚美呢？

雖不能上天，聽到熟習的鳥聲如見故人一般也好。雖不懂鳥語，知道煙囪裡的房客是我會飛的朋友也是美的。知識雖然沉重，卻彷彿是我們唯一的翅膀，能帶我們飛入另一種情境。

蓮想

總是漢代之後的事了。

某月某日某一位詩人，散步的當兒，看見香風十里的蓮塘，詩興大發，不覺吟誦起來：

江南可採蓮，蓮葉何田田。
魚戲蓮葉間……

才思不繼，翻來覆去的就只這麼三句，怎麼也收不了尾。懊惱之際，小

孫子由後邊趕過來，不外是喊他回去吃晚飯的意思。

「小人，別吵，別吵。爺爺正在『作』詩。」詩人捻著鬍子，眼瞅著天上，巴望老天爺恩賜一句「神來之筆」。

小孫子噘著嘴，跟在爺爺的身後，一路也學著吟哦起來。前三句聽膩了，不懂怎麼沒個完了，不是挺容易的嗎？

「江南可採蓮，蓮葉何田田。魚戲蓮葉間，魚戲蓮葉東，魚戲蓮葉西，魚戲蓮葉南，魚戲蓮葉北。」小孫子咕嘟咕嘟說著。

詩人聽見，驚爲神童：

「小人，你說什麼？快給爺爺再念一遍。」

從此，詩人逢人便說，終於把他小孫子的「兒歌」說成了不朽。

以上是我胡謅亂編的故事，可不能當眞。

說起蓮，看過一幅古畫，是清朝丁觀鵬的〈愛蓮圖〉。畫中書生自然是周敦頤，畫裡的蓮，卻的的確確不是我們想像中的「荷花」。

雖然《辭海》總說蓮與荷是一樣的。可是，我們現代一般人的觀念，荷是葉柄長、高出水面很多的那種；而蓮，葉子是平貼在水面上的。荷是東方原產，蓮卻是西方引進的。兩者皆如周敦頤〈愛蓮說〉稱道：「出淤泥而不染，濯清漣而不妖；中通外直，不蔓不枝；香遠益清，亭亭淨植。」然而，蓮只供觀賞用，沒有藕也沒有蓮蓬。荷卻是「下莖（藕）、種子、嫩葉均可供食用。又葉煎水飲可消暑，莖可退熱、止腹瀉。錫蘭島人常用它的雄蕊來治痔瘡」。

丁觀鵬的〈愛蓮圖〉，蓮葉都是平鋪於水面，很像法國印象派畫家莫內擅畫的「水蓮」。只是莫內的水蓮有紅、白、黃三種花色，丁畫卻看不出花色。也許，丁所畫爲荷葉初生時的景致：「荷葉初生，圓小如錢」（李漁《閒情偶寄》〈芙蕖〉一文這麼形容）。不然就是丁觀鵬不願隨俗，捨荷而就蓮吧？

周敦頤之愛蓮，是愛其有如君子，「可遠觀而不可褻玩」。其實，「遠觀」只因爲荷生水中，有時花柄高於水面四、五尺，站在岸上的士大夫不遠觀也不行。像李白就不能止於遠觀而已，他曾寫道：

涉江弄秋水，愛此荷花鮮。
扳荷弄其珠，蕩漾不成圓。

至於升斗小民，逢了採蓮季節，划船唱歌，採了並蒂、笑打鴛鴦的，才熱鬧呢。樂府詩集許多採蓮曲可以爲證。

中國古物上，植物圖像比動物圖像出現得既晚又少。但是，蓮花很早就出現在埃及古墓的各種葬器和壁畫上了。

據說因蓮花清晨開放、午後闔攏，古埃及人視爲「生命之花」、「救贖之神」，覺得它好像有再生、重生的能力。所以人死後裏成木乃伊的儀式，都讓死者手持一朵蓮花。而且，他們的蓮花還是藍色的。

由浮雕看來，古埃及女人，眞是美。修長的身材、豐滿的胸，頭上用飄帶紮著藍蓮花，手中持一莖長柄蓮，靈秀之至。

最近還看了一本怪書，專說植物除了食用之外，在古代神話巫醫中的地位。其中說到埃及有三種蓮：開藍花的，是藝術品；開白花的，有痲醉效力；另一種就是荷。古埃及人認爲吸荷花香氣，有避邪驅鬼之神力。

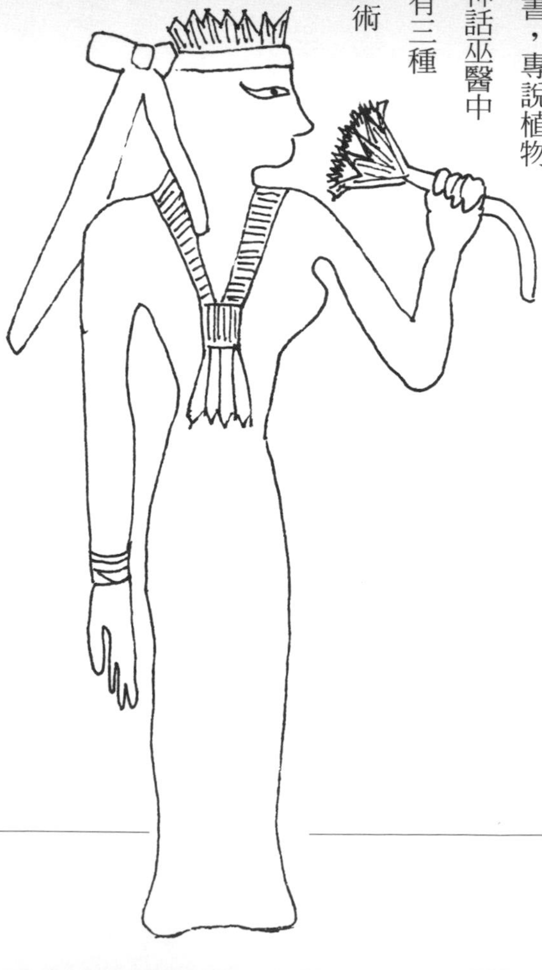

李漁〈芙蕖〉提到群芳譜云：「產於水者曰草芙蕖，產於陸者曰旱蓮。」我不知道「旱蓮」是不是一種灌木，會結棗子一樣的果實，吃起來很甜。北非海岸有一種這樣的灌木，叫「蓮樹」。文學家用現代知識分析丁尼生一首取材荷馬史詩《奧德賽》詩句所說的「食蓮族」——非洲有一民族因吃蓮而忘憂去愁，故極快樂——他們吃的蓮實，實際跟荷花所結蓮蓬無關，是蓮樹上的棗子而已，這種棗子確有些微麻醉成分。

除了埃及人，印度人也比我們對蓮「神聖」得多。佛祖的蓮華寶座不說，千手觀音、八臂觀音的第三隻左手，也總是拿一枝長柄蓮花。就是傳說中佛祖行過的路面，他留下

的也不是一個個腳印，而是一朵朵蓮花呢。

西方人稱菩薩爲慈悲女神，我們看天主教的聖母亦是至仁至愛的化身。他們常用百合來象徵聖潔慈愛，我們用蓮。一是山中的百合，一是水中的百合（西人稱蓮爲水百合），巧合如此，要附會神意，實可大書特書。

還看過一幅西藏密教「七眼度母」的壁畫，手中所持蓮花，分明是牡丹。所謂度母就是觀音，除了雙眼，掌心、腳心和兩眼之間，又各多生一智慧眼，共七眼，所以叫七眼度母。她左手拿一枝長柄白蓮華，花開在左肩頭。可是蓮枝上帶葉，葉形如牡丹，白花的瓣形也似牡丹，只有花心有蓬，越看越不像蓮。難道有中印合璧的暗示？

說起牡丹，《本草綱目》取一種牡丹的根做藥，叫它芍藥。當希臘人知道牡丹可以治病時，便用神話裡醫藥之神的名字來給花命名；在牡丹有醫用的實際價值之前，希臘人視它爲有巫術的花朵，相傳每一朵牡丹花皆有啄木鳥守護，誰去採摘，眼珠會給啄木鳥啄出來。

希臘人想像力之豐之奇，實在叫人嘆服。可惜古代交通不便，不然一個希臘人要是到了南美洲，看見熱帶雨林大池塘中長著那種巨無霸似的蓮——葉面直徑有五、六呎大，號稱可坐一個小孩而不沉——不知又會寫下怎樣的故事、何等的傳奇？

寫蓮寫到玄處，是我對我們這些真正的「食蓮族」一種潛意識的補贖之道。食蓮而不快樂，荷花仙子怕不能諒解吧。

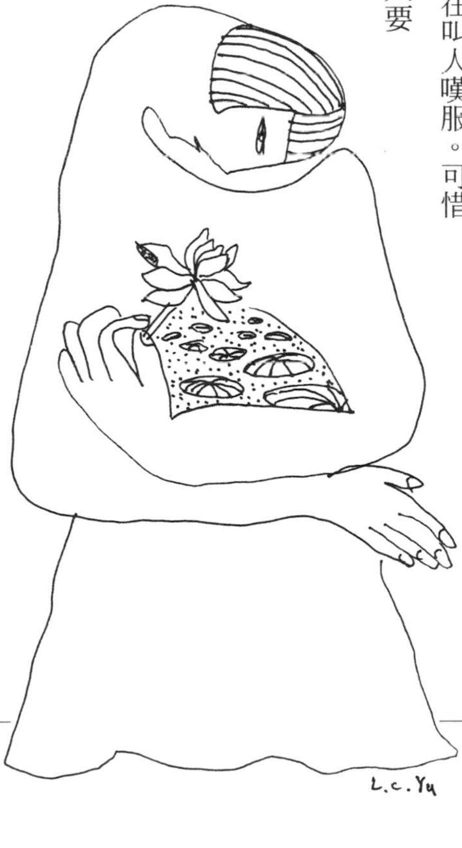

三千年前的故事

三千年前，在埃及，有一個八歲的皇家孩子，忽然被立爲國王。他不但要朝服大禮統領全埃及，還得接收國王的后妃——包括自己的庶母——爲妻。

他有極清秀的面貌，渾身是貴族氣息。他或許眞以爲自己是神的再生，天生來當國王的。上朝接見臣民如同上學，狩獵奔走如飛的鴕鳥是他的童玩；他似乎並不知道世上有所謂煩惱、有所謂愁苦。還來不及長成「男子漢」——雖然他的后也曾替他生過早夭的孩子，十九歲又忽然死了。他的死，我們只好猜想是生病的緣故，因爲那個時代埃及正是太平盛世，沒有什麼內亂外患的跡象可尋。

這是我在舊金山「埃及塔王古墓文物展」現場零星拼湊出來的故事。

三千年前，在中國，大約是商朝。商代古物，我的印象裡是斑

剝的陶器、青褐的銅器和失彩變色的玉器。

可是，塔王墓中的寶物卻金光閃閃、色彩富麗，好像全世界的黃金都在這兒了。尤其金飾當中鑲嵌的藍玻璃和紅玻璃，眞讓人吃驚。還有木製的胚胎外層包裹金箔，這些手藝，不要說是三千年前，就在現代，也自有其奪目的光輝。

當然，最迷人的還是塔王那十九歲的英姿，大大的眼無一絲雜慾、挺直的鼻子、寬厚適中的唇，耳垂上還穿了耳洞，這張臉的純淨眞不像是人間的。他的身態倒有幾分女子氣。他邁著大步、舉著長戟，既非戰士，連獵人也不像，可是自有一副高雅的風采，是天生的貴族。據推測，他死得倉促，連宏偉的金字塔也不及建

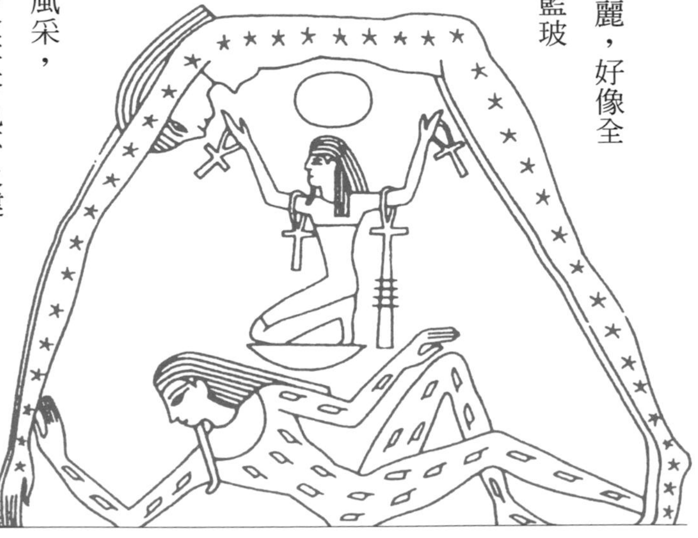

造。可是爲敬愛他而給他陪葬的東西，卻是異樣豐盛，滿滿塞了四個房間（墓室），雖然幾次被盜，留下供我們仰嘆的依然不少。

他兒時坐過的小凳子小箱，他的棋盤，他的頭盔、匕首、項鍊耳環，無一不精美絕倫。椅凳四個腳做成獸足狀，好像任何野獸都要心甘情願供他騎坐；棋盤有兩套，當是他心愛的娛樂；頭戴著響尾蛇的金盔，頸上是盛張著翅膀的老鷹——紅藍玻璃做成一片片羽毛狀再用金子串合；爲君王貴族效命的年代裡那些無名的藝術家，他們獨運的匠心，宛然現代，眞不可不謂神奇。

盛著他的內臟——因爲要把屍身製成木乃伊給死後的幽靈回來一住，屍裡的臟器得先挖出來——石雕的瓶上依然血跡斑斑；敘事詩一般的圖像、繪事、符號文字中依稀可以揣摩出當時的史實。考古，眞是既神祕又有趣，好像古與今可以聲息相通，只須「考掘」出一條通路來即可。

三千年前的埃及人也看重蓮花，很出我的意料。有幾隻石杯和人像底座都刻成荷蓮狀。他們也有獅、豹，全把舌頭吐在口外，不知何故。那些精細的紋刻大都以塔王和他當時的生活情狀爲主，是寫實。我記憶裡中國的古物——多數是些禮器，上刻的是圖案，創意多於寫實了。

埃及好像有用不完的金子，好像中國到處有玉。

他們是金（埃及甚少銀礦，塔王墓中僅見銀器一件，是隻荷葉邊的大肚瓶），金是光芒外爍的。我們是玉，玉有五德、玉能防屍身腐敗——玉是中國人的迷信，玉是色德內潤的。

他們是甲蟲、老鷹、響尾蛇。

我們是玉蟬、金雀、陶鳩與飛馬……。

我不是存心比較，一則則聯想不聽話飛上腦際，給我帶來好些：

青青的陌生
美好的驚（葉珊詩句）

木乃伊終究沒能復活，塔王的幽靈已無從回到人間。可是他大概不會遺憾，藉著這些精美的藝術，他顯然已成不朽。

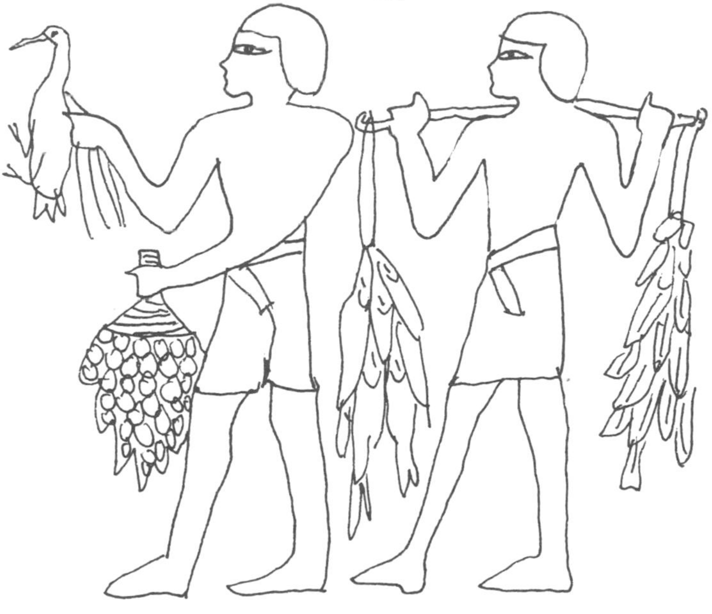

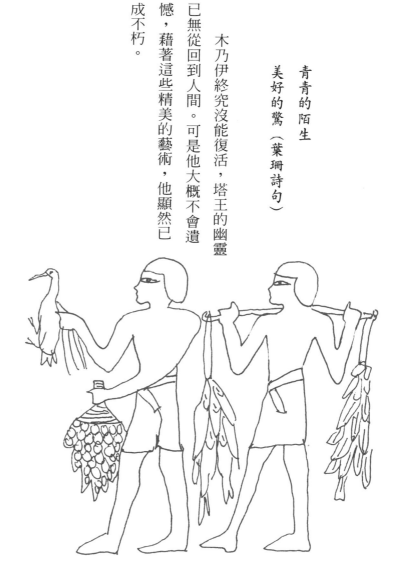

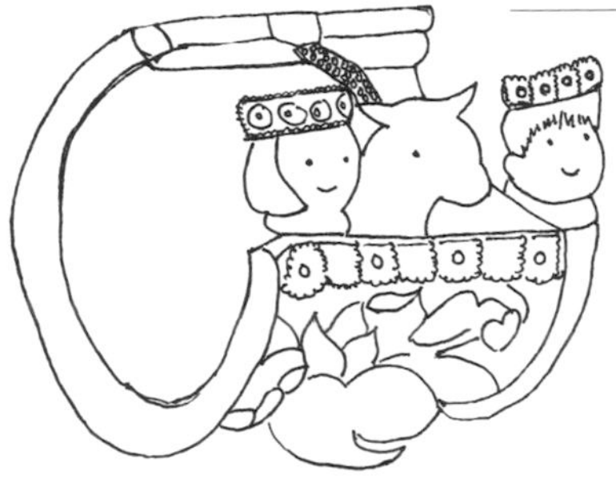

玉環穿耳

美國近幾年來，女人流行穿耳洞，戴極誇張的耳環。有的非常之大、非常之長，走起路來晃晃蕩蕩，叫人禁不住「目眩神搖」。有的造形古怪：有骷髏、有大象、有冰淇淋和壽司，無奇不有。好像什麼小鉗子、小碟子、小鑰匙、小鞋子……無不可垂掛耳下。

舊金山同性戀者眾，戴一隻耳環的尤爲時髦。賣耳飾的鋪子裡，並不是所有的耳環都成對出售。有些耳環專門單賣。漸漸也流行左耳垂一串珠子、右耳吊一塊古錢之類的「非對稱型」耳環。

耳飾，發展到今天，實在不能再叫耳「環」了。不僅僅外形早已離環狀甚遠，而且除了戴在耳垂的耳環之外，尚有戴在耳輪上叫 ear-cuff（耳銬）的東西。

小小的耳銬，像開了口的筒形戒指，套在耳朵邊沿上，是耳朵不甘寂寞又怕受耳垂扎洞之痛的「好漢」們的傑作。

我有個同事，耳上穿三孔，時常戴三副耳環來上班，有時外加一副耳銬。她剪很短的非洲頭，耳飾全部展覽在外，因爲她人長得漂亮，耳上的琳琅尚能使人覺得「時髦就是美」。有時在街上遇見口塗青色唇膏、耳下倒掛兩隻壁虎的女子，「野蠻的恐怖」之感油然而生：好好的耳朵上，硬穿兩個洞，誰說不是野蠻？

明人田藝蘅《留青日札》說：「女子穿耳，帶以耳環，蓋自古有之，乃賤者之事。」非洲原始部落的土人，耳垂上打洞不算，得塞入兩片圓形木栓把洞撐得愈大愈好。有的土酋長還把他擁有的妻妾宮妃，一律賜以耳環或者「鼻」環，作爲標注財產的記號。

不過，西洋歷史上，穿耳卻不見得是「賤者之事」。像巴比倫時代，有地位的男子才戴耳環，尤其是戴有特殊圖騰的金質耳環表示身分。文藝復興時代，男人也流行戴耳環，據說以珍珠最受歡迎。

其實，男子戴耳環，我覺得比較「合理」。因爲穿耳洞在沒有麻藥的古代，也是滿痛的，正可以用來展示「勇敢」！

照百科全書解釋：耳環是戴在耳垂上的裝飾品或避邪物。可見戴耳環還有避邪驅魔的作用。原始時代，造形藝術往往由實用出發。可是，我想耳飾實在太小——大了怕耳朵吃不消，能發揮藝術個性的地盤委實有限，很少聽說全世界的博物館裡，有耳飾大享盛名的。

偶然在考古書上發現一款耳環非常珍奇：把一塊金子打成長方形，捲成筒狀，兩邊不收口，開口處中央有個掛鉤，戴時掛到穿在耳上的金線中。這耳環有個專有名稱：Abaule（box-type earrings）。金筒上雕刻兩個戴皇冠的頭像，眼睛還點了亮漆。兩個頭像間另有一個牛頭雕刻，大概跟宗教有關，牛頭雕得更是講究。皇冠和牛角都上了亮漆，黑裡透亮。筒身雕著鏤空立體花朵，花瓣細薄精美，連花蕊花粉都歷歷可數。製作之精巧美妙，反映高度文明的水準。

一看產地：「Etruscan，西元前六世紀古物。」尋尋覓覓，終於知道那是古羅馬帝國開創前，義大利中西部的文明古國。可是她的興亡始終是謎，只有留存的藝術品依然光芒璀璨，叫人嘆服又叫人傷心（據說有些東西至今無法仿製）。

看過Abaule那樣絕美的耳環，其他如埃及的大型金耳圈、希臘叮噹作響的耳墜子、羅馬鑲嵌珠寶的耳環，甚至十八世紀誕生的鑽石耳環，都不足觀矣！

由鑽石想到貴重的問題。首飾的起源，據說除了裝飾，還可用來作爲信物，是一種盟約與身分的代表。不過，耳環恐怕自古到今僅有裝飾一途。鑽石的、金玉的還有點價值，現代的耳飾：木質的、果核的、玻璃的、陶塑的、化學合成品、羽毛……拿來作爲信物——不重則不威，何信之有？

不穿耳洞的耳環當然也有，那是二十世紀的產物。有夾子式的、有螺絲釘似的，不過到底沒有圖釘式的穿洞耳環看起來輕靈、有動感。小小的耳飾，竟要動用到螺絲釘、圖釘這樣的「機械工程」，讓人大開眼界。

最近女兒告訴我，店裡現在時興一種紙做的耳飾——花花綠綠各色圖樣的sticker（貼紙），撕下來貼在耳上臉上指甲上，有的還能轉印成刺青呢，眞是天眞得可愛。不光女人愛美，愈來愈多男人耳上打洞，爭著當「美的奴隸」，絞盡心思爭奇鬥豔出奇制勝。可惜我沒那個膽量，不然明天可以找兩枚漂亮一點的郵票，貼在耳上去上班的。

畫裡的聲音

近日歐美藝壇有兩件令人矚目的大事：一是經典名畫〈戴金盔的男子〉可能不是出自林布蘭手筆；一是美國植物學家（同時也是畫家）皮耶所繪的〈皮耶（畫家之弟）與天竺葵〉被重金買回祖國。

前者是悲劇，後者是喜劇。

先說悲劇

林布蘭是十七世紀荷蘭大畫家，他的人物畫是稀世珍品。〈戴金盔的男子〉據說原價八百萬美元，如今因對創作者起了懷疑，畫價竟然下跌爲四十萬美元。

一幅畫的價值爲什麼會因爲作者名字不同而有高低呢？〈戴金盔的男子〉既是人物畫經典之作，難道只因爲不是出自林布蘭之手就不再算是傑作了嗎？買畫的人究竟買的是畫家的名，還是畫裡的傑作呢？不禁使我深思畫與畫家的關係。

畫與畫家是不可分的。不光是人格與風格相關的緣故。買畫的人賞識畫的技巧風格之外，對畫家生平的理解而願意出更多錢來表示自己的尊敬與憐惜，這樣的「藝術感情」我相信是有的。就舉林布蘭爲例吧。

他的一生充滿戲劇性，像是要給藝術家「天才的悲劇」做樣本。遵照家人的意願，林布蘭大學念了法律，偏偏怎麼樣對繪畫也忘情不了，靠自學走上藝術之路，並沒有名師指導或跟畫家結黨成派才出的名。

他二十多歲畫了一幅〈解剖學教授〉成名。當時的達官貴人找他畫肖像的，眞是絡繹不絕。也因爲畫像的緣故，他結識了一位富商的遺孤，後來做了他的妻子。想當時，他的天才加上妻子的財富，生活是何等美滿！可惜，妻子終於爲他生下一個兒子後就死了。不久，他把家中使喚的女僕娶爲繼室，遭亡妻親族反對，把亡妻的遺產全部收回，他奢華的生活，一下子竟變成負債累累。禍不單行，那時候他畫的人像不再重視外形的寫實，而把注意力專注在畫面布局的個性和明暗光影的表現上。有位富商請他畫像，覺得他畫得非常不像，於是傳言：

「林布蘭因爲愛妻死了頹廢不振，畫不行了。」

他不但破了產，帶著繼室過窮極的日子，也等於失了業，沒人再找他畫肖像。幸而使他一畫成名的解剖學教授還常幫幫他的忙。天才的光芒終究難以遮蓋，不久，他逐漸恢復了聲譽。

林布蘭也許天生與幸福無緣吧，生活開始好轉的時候，繼室又死了，接著兒子也死了。最後他雙目失明，死於孤寂與貧苦。連他的喪葬，還是由慈善機關處理的。死時陋室中僅有一件破外套和數件舊畫具。

我們看他畫裡的精緻細密和強烈明暗對比產生獨特的美感，心裡油然生起珍惜之情不足爲奇。再想及他的身世，不會於珍惜之外更多生出些愛意來，那才是可怪的。

〈戴金盔的男子〉有一種深沉的哀傷。男子的臉在閃爍的金盔底下，襯著黯幽幽的背景，益發顯得憂傷。那張臉不只是一幅畫，而是一個飽經風霜的人生。那沉沉的憂鬱卻不是絕望，而是勇敢（因爲金盔的緣故？）。如果不是出自林布蘭之手，誰又能有這等功力畫出一個人「深沉的內在」呢？

《時代》雜誌寫得好：追求眞理是痛苦而且有報應的過程。推翻了林布蘭，似乎同時推翻了我們心中的一個偶像。不過，對那金盔男子的藝術性又何妨？它已經見過太多，世上有許多原以爲是永恆的東西也都會幻滅。

再說喜劇

〈皮耶與天竺葵〉這張畫有個有趣的故事。畫家皮耶和父親都是植物學家，同在博物館工作。老皮耶由歐洲帶回幾株天竺葵來，當時天竺葵不是美國的本土植物，很難種活。老皮耶試種的結果，居然有一株存活了。花開之日，趕緊找小皮耶來爲這株稀有的植物畫像。小皮耶大概覺得光畫植物太單調，把弟弟當模特兒一併畫了上去。這張畫輾轉流落歐洲，又被美國人高價買了回來，據說出的價碼還創下紀錄呢。

名畫用高價買回祖國的前例不少。法國大畫家米勒的〈晚鐘〉在美法之間的爭奪戰，就一直是畫史美談。

〈晚鐘〉描繪一對年輕農民夫婦恬靜的生活：「平靜的田野裡，他們順利結束了一天的農作。落日西斜，教堂沉重的鐘聲，緩緩橫越了沉寂的田野，消失於無限遠的天際。這忠實的農夫放下鋤頭，感謝上帝他們又過了平靜的一天。帶著宗教淡淡的哀愁和對於生的滿足……」

米勒雖是個勞動平民畫家，可是他的畫「詩質」很重。畫裡的田地只是種洋山芋的貧瘠之土，他筆下的農夫、牧羊女也都貧苦，但是由於他的詩情和對土地的愛，對於那樣的窮苦，我們在憐憫之外，更多出肅然的敬意來。

〈晚鐘〉在一八八九年的拍賣中，美國跟法國代表互別苗頭，結果以五十多萬法郎成交，賣給了法國代表。在場的法國人齊聲高唱法國國歌，興奮無比。可惜，法國代表回巴黎卻挨了罵，出錢的金主拒絕付款。美國代表大樂，用原價買回了美國。法國有位商人覺得是奇恥大辱，多年努力成爲富豪，重金將畫又買回巴黎，終於掛在博物館裡，成了法國國寶之一。

〈戴金盔的男子〉好像一篇小說，〈晚鐘〉是一首詩。靜悄悄掛在牆上的一幅畫，在神祕的色彩背後，原來也是充滿了聲音。我現在才想到，國畫裡畫家多喜好題字、題詩，不知道是不是山水花鳥太靜了，補白處的詩詞無非是多添點兒聲音的意思吧？

好的藝術品眞禁得起看，不同的時候玩賞會有不同的領悟。以前看畫，看的是色相；現在看畫，我聽見聲音。「學無止境」，是快樂的，也是憂傷的。

色相

色

偶然讀到一篇文章談「顏色與文化」，說英國的郵筒是紅的、法國的郵筒是黃的，美國則是藍的（沒提台灣的綠郵筒，可惜），有關顏色的文化背景，令人耳目一新。

據說歐洲直到十世紀亞洲運去了橘子之後，才有「橘色」這個詞彙——以前形容火用的都是紅色，見過橘子才知道用「橘紅」更恰當。研究希臘文學的專家則說：希臘人簡直是色盲。因爲分析《伊利亞德》中兩百零八個有關顏色的字，其中一百四十八個

字是黑色，另外四十個是紅、棕和紫。其他藍、黃、綠色的字完全沒有。荷馬筆下「酒般暗色的海」有什麼玄機，還被寫成學術論文呢。

最使我驚訝的是，人類的腦細胞有三分之一是管理視覺資訊的，且有許多特定的細胞專管某一特定的顏色。你知道藉著分光儀，人類可以分辨多少種不同光色嗎？答案是：九百萬到一千萬種。

我在做蛋糕的食譜上，發現所用的紅色色素有什麼二號與四十號之分，當時吃驚不小。如今科學的分類居然精細到以百萬計，眞覺「可怕」。

說實話，我平時很少注意中文裡頭顏色的專用字到底有多少。現在仔細想想，除了「紅橙黃綠藍靛紫」，還有什麼？也是少得可憐。我們往往要借助其他事物才能給顏色以合適的形容，比如：米色、咖啡色、草綠、豆青……向植物求救的很多。暗紅、亮藍、金黃……用光線的明暗幫忙解釋的也不少。月白、鐵灰、棗泥、醬色、粉紅……要靠聯想力來區分了。難怪「藍田日暖玉生煙」到現在仍是謎，因爲詩人的聯想未必跟我們一致。

我忽然想到抗戰時期的小說裡，女主角都穿的是什麼「陰丹士林布」的旗袍。「陰丹」又是怎樣的顏色形容詞呢？莫非是由Indigo（產靛藍色素的豌豆科植物）直譯來的吧？

本色

從前希臘哲學家蘇格拉底就懷疑過人類認知的眞實性，眼睛看見果眞就可以相信？因爲哈雷彗星又來報到，天文學變成了熱門話題。可是，你知道哈雷彗星的「眞實顏色」嗎？

一般人都以爲是「青白色」，因爲用肉眼或望遠鏡看到的彗星，好像確是這樣。可是天文學界的說法就不一樣了。首先，他們認爲彗核的顏色才能代表彗星，彗芒的顏色不算。並且根據天文學界的定義，行星的眞實顏色不是我們肉眼所見，而是由分光儀測出的波長來決定。所以，哈雷彗星的「眞實本色」是很暗的紅色。

月亮本來是黑的，看來卻是銀白色。火星是棕黃色，看來卻是紅的。我們簡直是活在一個處處「假象」的世界裡。

臙脂蟲

看了一部西藏紀錄片，對拉薩布達拉宮的磚牆顏色久歷風霜而不稍減，印象特深。沒聽清楚旁白，只知道那些鐵紅的石塊，當初是用柳汁和什麼東西（猜想大約是赭石或赭土）一起調製的顏料染成。

我想到有位美國學者到墨西哥去玩，在一處人煙不多曾是印第安人部落的村莊裡，看見有人洗曬一床毛毯。毛毯上的紅色花紋依然鮮明，雖然這毛毯後來推算已有三百多年的「洗刷」歷史，有些地方甚至都快洗破了。他忽然對「原始染料」發生極大的興趣。於是每年假期，他都跑到墨西哥南方去研究當地的染料配方。他很怕以後化學原料取而代之，那些祖傳配方就要失傳。

手織的掛毯、地毯，也許並不比機器織的好看耐用，但用機器的經濟快速來取代某些民間的藝術，得失有時候很難算計。可是，目前使用的化學合成染料，比不上原始天然染料禁得起日曬與水洗，已是不爭的事實。

就拿墨西哥人的手工織毯來說，許多調製天然顏料的「祕方」早已失傳。目前尚能一見的，是一種用昆蟲製成的紅色染料。

字典裡的cochineal這個字有兩解：一、臙脂蟲（眞的是動物呢）；二、洋紅（紅色居然也有東、西之分？）。再查《辭海》，找到「臙脂蟲」，原來是長在墨西哥一種仙人掌上的昆蟲，還有學名。眞是有趣極了。

總以爲色素從植物礦物來，從不知道世上還有人養些小蟲子來做顏料。臙脂蟲像蠶一樣養在仙人掌上，公蟲只負責傳宗接代，母蟲有童體現象（終生是幼蟲，不長翅膀也不變飛蛾）。就是這些母蟲體內有紅色素。墨西哥人把蟲體碾成粉末（沒碾碎前，看起來像植物種子，一點不像蟲），跟一種特別的樹葉和萊姆在滾水中煮。蟲粉放多放少，「洋紅」的深淺因而有別。

在卡繆的札記裡，看過他寫：「灰灰的天空寒冷得像穿上一件中國絲綢做的衣服。」我想，下次要形容鮮紅的口紅唇膏，我會寫：「那腥紅的顏色像無數臙脂蟲的屍身粉碎在那兒……」

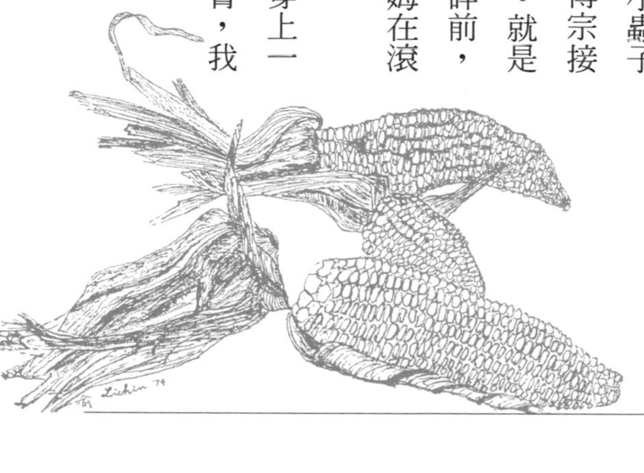

靈魂與小黑人

1

《原始宗教》書裡說：台灣原住民九個土著部落，除了蘭嶼的雅美（達悟）族外，均有「小黑人」的傳說。賽夏族有名的「矮靈祭」就跟他們有關。

傳說中的「小黑人」行動敏捷、皮膚黝黑，有紋身之俗，他們住在山洞裡，善巫術游泳和使用弓箭。有些學者根據這些特點，推測他們和今日菲律賓群島上的矮黑人有血緣關係。

我忽然想起前幾年我到佛羅里達州「迪士尼樂園」觀光，在「世

界村」（Epcot Center）買了一樣紀念品，正好也是個醜怪得不得了的「小矮人」。那是在挪威館巧遇的手工藝品。

我並沒有外出旅行一定要買點什麼回來留做紀念的習慣。一方面是我經常以「愛藝術勝於愛藝術品」自我標榜（其實是居小室陋，並無陳列展覽之餘地），另一方面在環保作家阿道．李奧波書中讀到諷刺觀光客為「戰利品的獵人」（非要擁有，才能享受），使我深自警惕之故。但是，這個長著尾巴的醜矮人，卻眞使我一見鍾情。它使我相信：美有統一性，醜卻有多樣性。

「多醜啊。」人見人說。

眞是醜得令人心驚——頭佔人體的一半，一張大紅鼻子又佔去頭部的三分之二。亂蓬蓬的黑髮與尾巴，像個半人半獸的毛怪——它的「出生紙」上這樣寫著：

挪威小矮怪，八根手指、八根腳趾，腦袋可以有九個。還有一條尾巴在後頭。如果他們高興，腦袋可以取下，夾在臂彎裡。他們一向住在黑暗中，一見陽光，立刻化爲石頭。

我也不知道，我買的是這個古怪的挪威民間故事，還是被陽光變成石頭的小矮怪。總之是買回來以後，常常要收在櫃子裡，因爲朋友莫不以爲我的「美學鑑賞力」出了問題。

此刻縈迴於我腦際的問題，不是一東一西傳說的巧合，而是爲什麼兩個小黑人會超越了古今、地域，同時進入我腦中的思考中樞？好像前幾年輸入電腦的資料和現在我讀《原始宗教》的新發現，忽然媒合；在電腦前面的我這個人腦中火花四濺，無端激起了靈感。爲什麼？

2

照古埃及人的說法，人除了肉體，還有精神。精神要比肉體複雜得多，他們說精神是由三部分合成的：

「巴」，是人頭鳥身的靈魂。

「卡」，是肉身的副本，跟人一模一樣。

「寇」，是火舌狀的精神。

台灣各部族原住民也有「靈魂」信仰，通常他們將靈魂分為附在活人身上的「生靈」與死後脫離軀體的「亡魂」兩類。

賽夏族相信一個人有八魂。

阿美族說，人死後魂升到天空靈界變為「祖靈」，魄則化為泥土消失。

卑南族相信人體內有三個生靈，一個住在頭上，另兩個在兩肩，左邊爲惡靈，右邊爲善靈。好人死後成爲善靈；枉死或橫死的將成惡靈。

無論是三魂或者八魄，無論是「巴」、「卡」或者「寇」，好像人死後也只能以一種抽象形式存在，而且得有翅膀，才好飛升。

我有個朋友很想教我開飛機，我問：「爲什麼？」

他說：「我一直想寫下我飛在空中的感受，可是，無從寫起。我有感覺，沒有筆，想借你的筆替我來感覺……」

我又憨問：「爲什麼你覺得你在空中的感覺這麼重要呢？」

他答：「因爲我覺得那就是爲什麼鳥這麼快樂的原因……」

他還沒說完，我忍不住問：「你又不是鳥，你怎麼知道鳥快樂？」

他瞪我一眼，小心避開這個哲學陷阱：「我相信我死後我的靈魂就會這樣飛出去，這樣的感受著啊。」

我沉默了。靈魂不是氣體嗎？靈魂還要感受嗎？

3

穿過了時空的隧道，穿透了人種的差異，有些原初的神話好像還是我們最終的追求。

我爲什麼會愛上一個古代出沒在挪威森林裡頭的小矮人？是它的靈魂在我頭上指點嗎？

我的朋友爲什麼會選上我來替他寫下他的感覺？有一天，眞的學會了開飛機，我就能快活似靈魂而樂不思人間嗎？

製造樂器的是科學，感覺音樂的不是詩人嗎？藝術的高貴、死亡的高度，抵達的工具像是電腦的輸入法；但坐在電腦前面的我們，人腦中那屬靈的瞬間又如何測度？

4

李維—史陀《憂鬱的熱帶》書裡，把印度寫成那樣無救的國度：

但是，在另一方面，這裡似乎又不缺乏靈魂……這些人如此安然切合宇宙，只有靈魂的品質可以解釋……

靈魂的品質？在那個男人當街小便的；蒼蠅到處亂飛的；乞丐與髒亂繁殖的速度，就是受保護的聖牛也趕不上的；有人一天吃五頓有人卻一天吃不上一口飯的；吃五頓者為自己的優越而自滿自得，使人懷疑他還算不算人的「低級貧戶」卻也照樣奴性地安於在輪迴的白日夢裡苟存的……這樣的一個國度，還能看見他們靈魂的品質嗎？「為了生存下去，每個人必須和超自然保持一種非常強烈又非常切身的關係」，這就是靈魂的品質？要是生存不受威脅，人與超自然關係淡化了，靈魂的品質是算提升了呢還是墮落了？

每次進出醫院，總想起在印度照顧臨終者的德蕾莎修女。有多少肉身在她的懷裡死去，又有多少靈魂從她的手中復活？死亡的品質，難道也必然與靈魂的品質相關？

我思索著，思索著，好像要思索到魂不守舍的時候，我才相信我是有靈魂的。然而……

在什麼都不知道之前，我唯有努力而小心地記下這些足跡在我的字句裡。無論是小黑人，無論是靈是肉還是飛行，無論是我的朋友或你或泥土以及一粒小小的種子……

有時候，我覺得地球是可以收在我床底下的鞋盒子裡的。而靈魂，卻正忙著測量宇宙的方圓呢。

足下有魔術

在舊金山問路，有個地方，你一開口人家就知道你是不是本地人。那裡是現代美術館。本地人叫它「魔馬」（MOMA，Museum of Modern Art的縮寫），外地來客才會說全名。好像「魔馬」就是舊金山人辨識身分的通關密語。

我坐捷運進城，一出地鐵就有兩個像是自助旅行的歐洲女孩來問怎麼去。我說：去「魔馬」？正好我也要去。路上我隨口問：

「要去看什麼特展嗎？還是『魔馬』是你們心中美國的羅浮宮？」

她們說：「Rene Magritte是我們比利時的國寶，竟然在這兒遇上他的特展，當然要去看啦。」

一直以為的超現實主義畫家馬格利特，照她們「國語」的發音卻是「馬貴」。現代人常妄想世界成為地球村，其實語言文字並不像貨幣那樣容易流通。如果她們問的不是「魔馬」的方向，而是問我「馬貴特展」怎麼去，我還眞不知道如何與她們溝通。

我想起另一位超現實主義大師來，就問：

「你們覺得馬貴跟達利，哪個偉大些？」

兩個人異口同聲說：「當然是馬貴。」

我笑了，還以為民族主義是我們中國人的專利呢。我附和道：

「至少馬貴是正常的，達利卻像瘋子。不是嗎？」

她們像找到知音似的快樂。事實上，我覺得達利畫的是小說，馬貴畫的是散文，並不能類比。何況，達利在哈佛大學演講說過一句名言：「我和瘋子最大的不同就是——

我沒有瘋。」

我這位客串導遊在「魔馬」門口鞠躬下台，到底是觀光季節，不一會兒她們就在人群中不見了。爲了避開人潮，我到二樓看另一個展覽。

二樓展的我覺得才是現代藝術中的最尖端，不讓超現實主義的奇想專美。那是十二家運動廠商提供的一百五十雙球鞋設計展。「足下」還有那樣大的學問，像變魔術，眞使我大開眼界。

鞋子，我只知道先有草鞋布鞋之分，後來有皮鞋球鞋和拖鞋之分。出客穿皮鞋，上學著的是球鞋，回家換拖鞋，天經地義。誰知道如今球鞋之講究遠勝皮鞋很多很多，籃球鞋、足球鞋、網球鞋各取所需。球鞋也不能再叫球鞋了，因爲人的活動量早已不是光靠打球可以消耗光的，也難怪要新創「運動鞋」之名來取代。

展出的運動鞋，不全是實用的，一半以上著重藝術造型。每雙鞋都像一件雕塑，有的以設計者命名，有的以象形命名，有的是用高科技的拉丁文命名。將來說不定不同的廠牌，要用動植物分類法來命名我們足下的鞋子呢。

從舒服到好看，再由舒服好看到速度與力度，電腦眞使人如虎添翼。美國人實在有福氣，他們沒有過去，只有未來，二〇〇八年的運動鞋設計圖稿都畫出來了。鞋底裝上電腦晶片，隨你怎麼運動，都讓你舒適、快而有力，並且好看得像穿在科幻電影的明星腳上。那鞋暱稱叫「青蛙」。

我忽然想到：怎麼青蛙的「蛙」字這麼像「鞋」字呢？

馬貴畫裡的中產階級像下雨一般從天而降，穿戴得西裝革履；我由「魔馬」回來，只愛上一雙叫「針灸」的球鞋，鞋面上是日本的木刻版畫：半裸的藝妓。不知爲什麼，這雙鞋我覺得就是現代版的三寸金蓮——性感卻不必受罪。

未來的科技會藝術化，未來的藝術也必然科技化。無論語言文字有多大差異，還好，在科技與藝術的領域裡，不難找到普天下通行的共識。

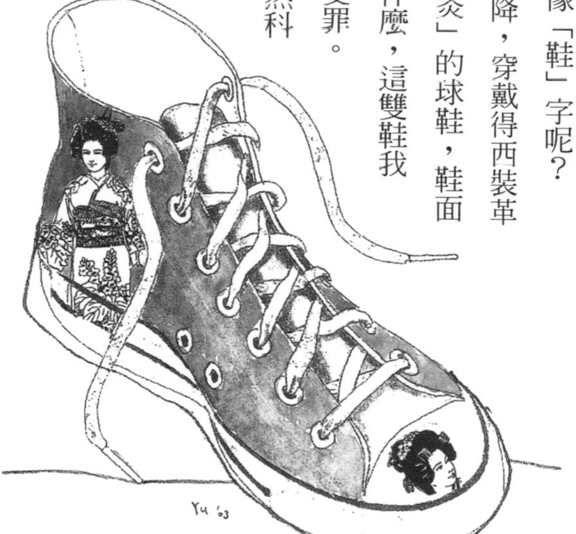

愛它愛到一百歲

母親節那天收到大女兒寄來的機票，既驚又喜。有女若此，夫復何求。終於，可以跟她同去尋找化石。

尋找化石，聽起來挺浪漫。我跟女兒說了又說：下一回你到荒山野地去挖化石，可以考慮帶我去嗎？我很想看看人家考古是怎麼挖出寶物來。看她面有難色，我總是趕緊補上一句：我可以打雜呀。

不去不知道，去過才明白為什麼她要等都快畢業了，才給我這個「眞正的驚喜」。

這是她寫博士論文前最後一次戶外採集，信上說：你飛到南達柯他州Rapid City來，我在機場接你。什麼都不用帶，只有防曬油和防蟲膏多多益善。防曬油得用四十號的，防蟲膏愈臭的愈好。

知道大事不妙，去的是那麼土的地方，外加日曬蟲咬，我還是懷著無比好奇與興奮的心情上路。想像自己一副獵人打扮，背著背包、拎著鐵鏟，一路看見寶貝就挖將起來；好像電影《法櫃奇兵》裡那個冒險犯難的人類學家……

事實眞相是：她帶我去的化石挖寶地域，都在海拔七、八千英尺的深山裡，空氣乾淨得沒話說，可是似乎離太陽太近了一點兒；汗沒出來已經蒸發，鼻子裡有時發癢，原來是鼻血。每天跟太陽搶時間，日未出就得做，因爲一起床氣溫就逼近攝氏三十度，到了正午不收工也不成。

那兒人跡罕至，蚊子蒼蠅各式小蟲，個個都是初生之犢，異常生猛，連螞蟻都能咬死人。車門一開，如雷的嗡然聲此起彼落；一下子打死七個，沒什麼好大驚小怪的。頭一天我一雙膀子上塗滿蚊子屍體，居然有點防蟲效果，我跟女兒打趣，回去要申請專利。她笑著說：你等著瞧，小蟲不來大蟲來。這裡的蚊子我不知道有幾種，非洲那裡的蚊子有幾百種呢。

我忍不住說：

「還好這是你最後一年來採集標本，要是你剛開始，我眞希望你考慮轉行。這像做苦力嘛，哪裡是女生搞的行業。奇怪，你怎麼愛上這一系的？」

「以前我要念人類學，你說你們博物館的接線生就是人類學博士，找不到事只好來當接待員，還帶我去見她。你猜她怎麼說？不但跟你一樣要我別學那一行，而且啊她說她在大洋洲一個小島上收集論文資料，水土不服得了怪病，差一點命都沒了。我想那就念化石系吧。」

我本想說：還不是半斤八兩！可是，人到底與石頭有點不同，這一轉念也不知是害了她還是福了她。看她見了石頭眞是如見故人一般，我也只好疼在心裡。我默默拿著鐵鏟鐵鍬鐵錘，跟在我那原來嬌生慣養的女兒後頭，心中暗忖：這可不是眞的走出了象牙塔嗎？

等我們一腳高一腳低找到了她相中的地方，我就開始挖了。不瞞你說，挖的既非恐龍蛋又非北京猿人的骨頭，全是些顯微鏡下才看得見的東西。因爲她研究的是恐龍時期的無脊椎動物。聽她說起她的一篇報告，寫的是由海裡某種生

物絕跡，可以推測出海洋溫度的變化。我在她實驗室的顯微鏡下一看，全是些小爆米花。朋友飯後聊起兒女，我就說：她天天在實驗室數爆米花，前途呢，是愈行愈古。

地老天荒，有這回事嗎？

海枯石爛，卻絕對可能。

我們站在千層糕似的山腳下，聽她指指點點：這一層是幾萬年，那一層又過了個幾萬年；以前這兒是海底，我的海洋生物化石就在這兒。你看，海在這裡枯了，我的化石有時一敲就碎了……說著說著，我把脖子都要仰斷了，說得我肅然起敬。

山谷中的天有時藍得像海，人小得像螞蟻，寂靜中有如置身開天闢地的太初。地是老過的也是最初的，天是深的也是荒的，但是它們永遠會活著。女兒說：

「除了石頭，世上還有什麼東西是你可以愛它愛到一百歲，它還是那樣不變的呢？」

我現在明白了：尋找化石，不一定浪漫，可是能叫人上癮。化石，不一定能成爲滿足生活需求的手段，卻是思維的對象，可大可小，自成宇宙。

我的第一塊化石，是一塊「魔鬼的腳趾甲」。它從一億多年前活到現在，樸素得不值一顧，但是啊，我想我也會愛它愛到一百歲的。

一百歲，一萬歲……對化石而言，死亡不過是一種凝固的生命而已。

挖出中國城

在考古學家的眼中，由土裡挖出來的「古物」才是眞正的骨董；與「時」、「地」相連的「古物」，不再只是古物，而是復活的生命。他們像妙手回春的醫生，幫土裡那些凍結的生命尋回被遺忘的身世。收藏家精心網羅的各式骨董，即使價值連城，對他們並無多大的意義。

一九九五年夏天跟女兒去懷俄明（Wyoming）找化石，所經之地都是人口很少超過一千的小鎭。一路上地廣人稀，看見羚羊大角羊的時候比看見人的時候還多。路邊有些廣告牌，倒是新鮮有趣，讓人過目難忘。譬如：

別人的孩子無所事事，我們的孩子正在學習騎馬牧牛。

牛仔學校暑期班招生，歡迎報名。

或者，加油站掛個「每周一問」的牌子，寫著：

雞的哪一邊毛多？

Which side……我腦子還沒轉過來呢，女兒已經大笑著說：

「Outside外邊啊。眞好玩，這兒的人連加油也怕寂寞。」

說不定因爲要知道謎底，非去加油不可呢！我想，跟大城裡的加油站上，不是香菸廣告就是「樂透大獎等著你」的招牌相較，鄉下人的生活彷彿更能自得其樂。

更有一天，在旅客休息站讀到伊文斯頓（Evanston）的簡介，竟拿三個F開頭的字做招徠遊客的口號，把我們笑死。那三個F是：fresh air，freedom & fun（新鮮空氣、自由和好玩）。

緣分就這樣結下了。

我跟女兒決定去這有「新鮮空氣」的可愛小鎮（人口僅一千兩百）看看。

安頓好行李和「老忠實」卡車，我們走上街頭。先找到歷史博物館，果然櫃檯上有一小瓶一小瓶所謂「新鮮空氣」出售，每瓶一元，可愛得叫人不能不買。跟館員說不到兩句，他立刻給我們介紹：

「你們一定要去看看我們鎮上新建的中國廟，就在拐角口。現在去還來得及在關門前進去參觀。」

於是，我們去了。好像冥冥中那些「新鮮空氣」裡中國人的幽靈來給我們帶路，我們去了。

這是個古老但絕不陌生的故事，一批中國來的華工在這兒住過，後來一把無名火燒掉了中國城，中國人一個一個走了。從那簡陋的中國廟走出來的時候，我心中的感動有一大部分卻是出於對這小鎮的感激。

百多年前，華工開完了鐵路，到處尋找工作機會。他們之中有幾百人就在懷俄明州的石泉（Rock Spring）開採煤礦，留下來定居了。日復一日，遙遠的中國漸漸在當地小規模形成了，他們叫它「中國城」。中國城是當日華僑們的命根，也是洋人的眼中釘。排華排到石泉之時，沒想到竟演成

一場大屠殺，六百多中國人送命。據伊鎮史料記載，當年美國政府還派出軍隊鎮壓，事後賠償清廷十四萬九千美元，作爲中國留學生的公費獎學金。

石泉大屠殺倖存的一百多華工，流亡到伊文斯頓來。伊鎮的人不但收留了他們，還買他們種的青菜，跟他們一起過年，讓華工自己蓋了這座中國廟。日復一日，廟的四周又變成了中國城。香火最盛時，這兒曾經有一千五百個中國人，這座廟據說是當年全美三大廟宇之一。

後來呢？後來，鴉片煙館引起一場大火，這中國廟和中國城，甚至小鎮裡的中國人都一一消失了。

故事本來可以就此結束。然而一九五〇年伊鎮慶祝建城一百周年時，他們又想起了那些苦命的中國人。那些任勞任怨的黃面孔、過年時長達半條街的舞龍隊伍，他們想起來了。何不重建中國廟，紀念當日使我們也繁榮過一時的中國人呢？

他們用慶祝建城百年的基金，蓋了現在這座名爲「中國文物館」的廟。

我跟女兒激動地在那小小的奉獻箱中投下我們袋裡所有的鈔票。好像能感覺得到，在這可愛小城的空氣中，我們那些命苦的華僑前輩們比別處來得和悅與安詳，他們會保佑我們這些後來的移民，也保佑這善良的小城鎮。

正要往外走，管理員忽然對我們說：

「我們這兒有個考古隊正在挖掘中國城，明天是最後一天。你們如有興趣，早上十點可以去看他們工作。」

好像意外領到了貴賓券，這樣可遇不可求的機緣，竟讓我也參與了一次眞正的考古，並且挖的是我們自己的中國城。

第二天，我們在廟後頭一條鐵路與公路交叉口上，找到他們考古的地點。早上十點已經相當熱，早有幾個學生模樣的人揮汗工作。女兒上前自報是地質系專攻化石的，立刻受到熱情接待，好像他鄉遇故知似的。領隊Don Larson帶我們一面看一面講解：這是一九二二年失火的中心點，由挖出的賭具、鴉片煙管和一些玉耳環推測，火是由賭場（也是鴉片煙館）引發的，延燒隔壁的首飾店、洗衣房還有肉鋪子。

我們看到有些人在篩土，有些人在地下細細地挖，從焦黑的土中挑出一只茶杯的把子來，大家好不興奮，記錄的拍照的丈量的都笑開了。

不知爲什麼，我覺得那個茶杯把子好像不想起床的孩子硬給人揪出來似的，特別可愛。到現在還清楚記得，一片黑色的土上，那只小小的耳朵般的白瓷杯把子——我有生以來第一個親眼看著出土、「並不很古」的古物。

我也看見剛出土一八五〇年代的象牙釦子牙刷銅板之類，青瓷破片不計其數。現場挖一個小時，實驗室裡要花十二小時來處理結果。考古，不僅僅在考「物」，我看實在是在考驗人的耐心。

眞的，收藏家精心網羅的各式骨董，即使價值連城，也只是玩物而已。看過眞正由土裡挖出來的「物」，那與「時」、「地」相連，有了第二次生命的「物」，再醜也知道它是出生入死復由死裡重生過來的。我終於懂得了古物與骨董的區別，對考古的意義有了新的敬重與仰慕。

大閱兵

默片時代的老電影，好像距離我們十分遙遠，除非學影劇，誰會想借來一看？一般的影帶出租店也只有卓別林的電影聊備一格而已。

到亞利桑那州陪做研究的大女兒住了一個月，那兒一片沙漠，夏天清早一睜開眼就是攝氏二十七、八度，當地人還以涼快稱之。我這舊金山去的觀光客，簡直熱得不敢出門。幸而離圖書館不遠，因此把那兒能借的錄影帶幾乎陸續全借了回來。

就這樣邂逅了這部難忘的電影：《大閱兵》（*The Big Parade*）。沒有對話，字幕是畫片一般穿插式的。配樂也粗糙得很，有時還

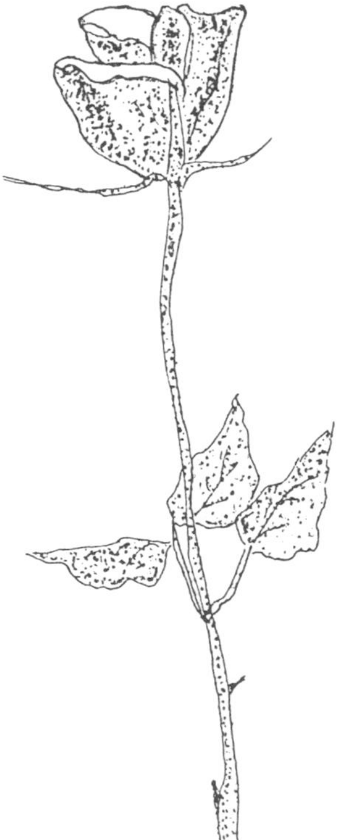

會隨膠片的剪接扭曲顫抖一番；可是，看完了它，我才懂得什麼叫做「經典」。千禧年美國選出的「二十世紀經典電影」排行，《大閱兵》躋身前十大，我一點不感到驚奇。

那是一部反戰影片，反的是第一次世界大戰。那時候的美國兵，大半是少爺兵。是自嘲也是反諷吧，這部片子就以一位富家子糊裡糊塗走上前線開始。戰地殺得沒頭沒腦，少爺兵的日子也過得萬分「顛覆」，戰事就在那可笑的荒謬中進行著。

後來，少爺愛上了一位法國小姐。語言完全不重要，當然啦，默片嘛。美國兵和法國女孩的偷情，十分熱鬧。可是，你一輩子忘不了的是他們分手的那一段。

在朋友家閒談，不知道爲什麼我提起了那一段：

軍營突然開拔，少爺兵來不及通知那少女；左拖右拉終於還是不得不上了軍車。眼看車已啓動，在河邊打水的少女才忽然聽到軍隊要走的消息。少女丟了水桶，不顧一切就朝大路上跑。遠遠地，追著跑著呼喊著，你一句也聽不見她呼喊的是什麼。

無情的軍車，照樣往前開去，少爺急得不知所措。只見他急急忙忙先是脫了軍帽朝車下的少女扔去，然後是口袋裡的，然後是這個那個，凡能丟給少女的他全摘下，連掛在頸上的名牌也拋了出去。最後，他實在無計可施，竟不顧一切死命地脫下自己一隻靴子。軍人打仗要行軍走路，靴子非常非常重要。可是，這時候，還有什麼是他捨不得給他心愛的人的？來不及理智、來不及取捨，兩人的距離愈來愈大；如果心可以取下來，你完全相信他絕對會毫不猶疑地朝那眼看已無從追上的少女身上拋去。

「他每拋一樣東西，我的心就像被割了一刀，眼淚止不住奪眶而出。最後，少爺愈來愈小，車子愈來愈看不見了，少女緊緊摟抱著那隻靴子，絕望地跪倒在馬路當中哭……」

我一面說一面又悲從中來，幾度哽咽，一時之間大家忽然都沉默了。我知道感動是可以傳染的，但我眞的還沒有說清《大閱兵》那電影的「好」。「好」是一種德行，語言相形見絀。

後來呢？如果你要問。後來那少爺失去了一條腿。靴子就是暗喻嘛，他的那隻斷腿早已給了他的愛人啊。再後來，對不起，我不能告訴你；這可是影迷的大忌。

設若給我一個「時光錦囊」（Time capsule），要我存入地球上最具代表性的物件，我一定把這部《大閱兵》放進去。因爲無須語言、無須解釋，人類最高貴的情操：愛與希望、深情和眼淚，以及戰爭的愚蠢與可笑，都包含在內了。這部電影，眞叫我相見恨晚。

難忘一鞠躬

偶然在電視換台時，看到一部演了一半的電影。

一個是紅顏，一個是白髮，兩人話別。一下子吸住了我。外遇情事，發生在戰前的日本，我倒要看看那個女子如何脫身。半途也看得下去的黑白老電影，一定不會壞，果然。

說的是一對母女的故事。母親是個自私的女人，因爲守不住寡，跟別的男人走了。夫家因此將她從家譜中除名，但

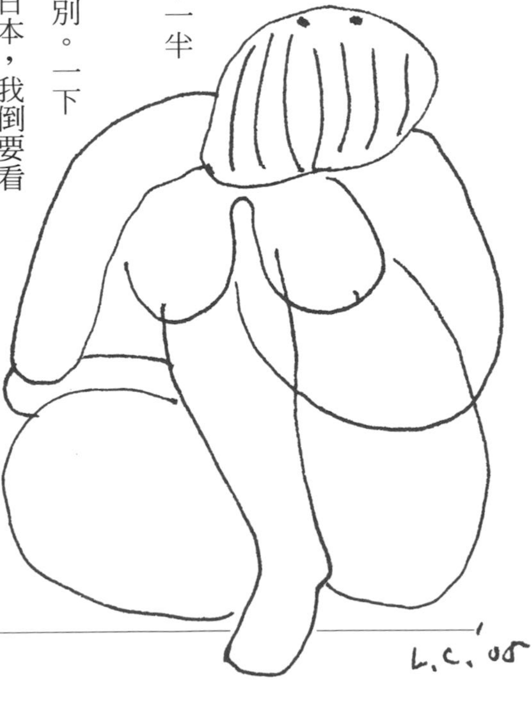

她一輩子最大的願望還是想死後跟亡夫葬在一起。女兒從來沒有同情過母親。但是，她自己的命也沒有好過母親，她愛上了有婦之夫，而且是個官位很高的將軍。

將軍出征前來看望這位年輕的情人，自知生死未卜，在那最後一夜，對女子說：「我希望你爲我生個孩子。如果我死了，你至少有個孩子。」於是，一夜繾綣，第二日兩人還到廟裡向送子觀音求拜。可惜，沒有如願。

年輕女子在戰時那樣艱困的生活裡，始終沒有嫁人。她心中在等待什麼呢？將軍是有家室的人，就是不戰死沙場，回來還會來找她嗎？她不必苦等的，她知道。可是正因爲沒有爲所愛的人生個孩子，她老覺得心中有個沒有做完的夢。母親是結過婚的，卻沒有爲早逝的父親守寡；她自己沒有結婚，反倒一直守著獨孤的生活。

戰爭結束，女兒在報上忽然看到將軍的消息。不知道是什麼原因，成了戰犯的將軍，竟然被判了死刑。痛苦掙扎後，她不顧一切，到了監獄外，求見將軍最後一面。獄卒問：「你是他的什麼人？」只有家屬才能見死囚，她實在無言以對。人家看她可憐，就說：「下回如果他的家人有人不來，讓你補缺好了。」她千等萬等，終於有一回將軍的老父沒來探監，她就進了監所。

淒楚地呆立在門邊，她遠遠看著鐵欄杆裡跟兒子和妻子說話的將軍。一個外人，將軍先是瞥了她一眼，沒有在意；隨即想起來了，想起這個完全過時了的愛人。他冷峻地再次望了望這個不該出現的女人，對妻子說：「請好好照顧我的父親。」說完掉轉身就走了。女人此時才明白過來：在將軍的心中，她從來沒有地位。

她傷心欲絕，僵立在那兒。這時候將軍的妻兒從她身邊走過，誰也沒有看她一眼。但是，將軍的妻子卻在離去前，對著她深深鞠了一躬。

我心下大慟，那深深一鞠躬，把我的眼淚都激出來了。結尾是女兒抱著母親的骨灰，站在海邊：骨灰還可以歸向大海，她自己呢？

我覺得那一鞠躬，是編導最高明的處理。女人和女人之間那份諒解與同情，那種寬容的氣量與含蓄之美，其實就是現代女性所要追求的。這口本女子的一鞠躬，眞是神來之筆。

千萬將軍一個兵

小時候，胡亂唱過一首兒歌，現在只依稀記得兩句：

滿天月亮一顆星，
千萬將軍一個兵……

原以爲是給孩子們逗趣，故意是非不分、黑白顚倒，亂好玩的。待波斯灣戰事就在眼前，電視上手卷似攤展開的死亡名單上，一個個全是才二十出頭的孩子，看了辛酸。「一將功成萬骨枯」，枯骨旁，更有多少他們親人的人生跟著陪葬。

我不經意想起了這首歌，忽然明白了歌背後隱藏的悲哀，毋寧是巨大的。星星不可能超越月亮，小兵不可能凌駕將軍，月明星稀的夜晚，面對烽火連天的戰場，一個「不知爲誰立中宵」的小兵，他還能懷著怎樣的夢呢？千萬將軍裡，唯他是那活著醒著的小小一個兵。千萬將軍裡，上帝和死神都在眷顧與爭奪的，難道不是他這迷失般的小小一隻羊？他明白這是個沒有可能兌現的夢，然而在他心上、在他夢裡，他的孤獨與無告，才有了獨特的意義，才有可能由悲哀轉化成悲壯。

戰場上，悲哀是無用的，悲壯才有力量。

是的，一個小兵有一個小兵的價値，正如每一個地球上的生命。但是，原野裡的獅虎和屠場上的牛羊，誰有權利選擇？這是個悲劇，與生俱來。自殺不是悲劇，被殺才是。

無巧不巧，最近在舊金山認識了一位老詩人晗星，承他見贈《螢光集》，詩集中幾次三番提到已故詩人沙牧。我年輕時有過一本沙牧簽名相贈的詩集《雪地》（詩、散文、木刻社出版），梁雲坡美術設計、朱嘯秋木刻插畫，並附梁丹丰的作者畫像，印刷之精美在當時少見。

不多時，竟又收到隱地寄來紀念沙牧的詩選集《死不透的歌》。二十五年前我所知道的沙牧和他的詩，在我翻書的當兒，一一在我記憶中復活。

我記得沙牧，說來可笑，不是爲著他本人，而是《雪地》裡一首悼亡詩〈冥簡〉的後記：

三十六年，我奉派在北平招考知識青年兵。一天下午，一個身材不高而面貌俊美的年輕孩子，跑來投考。他說話斯文，一口的京片子，看得出受過良好的教養。手續辦完後，知道他叫謝敏，十七歲。

不久，他母親找來了，哭求著我們的上司要把他帶回去，他堅持不肯。他母親說他是獨子，父親抗戰時去世，這次是瞞著她離家棄學從軍的。當時，僅爲了滿腔熱血而投筆從戎的愛國青年，比比皆是，他母親拗不過他，只得流著淚懸著心依依而去。

這孩子其實性情溫和柔弱，氣質憂鬱。相處久了，我發覺他特別喜歡我，把我視同兄長，甚至當我英雄一般。

一年戰訓將完，就遇上了一場保衛戰……正激戰中，一個靠在牆角啃著餅乾的夥伴，忽然被流彈擊中倒地。別的夥伴木然一望，繼續戰事，他卻跑過去，扳了一下那中彈的夥伴的軀體，又垂著頭跑回來，眼淚汪汪地抱槍坐在地上楞了一會兒。

……十冬臘月，地凍天寒，我們的陣地正好在一片寸草不生的鹽田中的大墳場上……我們把墳墓挖空，地鼠一樣在棺木裡躲避炮火與嚴寒……補給不易，時常斷炊，有時饅頭運到，形同冰磚，我們只有劈棺生火，烤溫後迫不及待就胡亂吞下。誰也不會去想火燃棺木時所冒出來的一層油漬是否衛生，大家只感到一種本能的需求——餓。他還一邊吃一邊說香……

同年秋末，在象山半島……我右腿重傷，他背著我吃力地在槍聲和敵人吶喊的一片混亂中移動……我們漸漸掉隊。我的腿傷加上林木的碰撞，以致痙攣而抽筋，痛不欲生。一次兩人跌到泥田裡，我留下兩枚手榴彈，取下腰間手槍交給他：「你走，不要管我。」他不肯，背了我又跑……療傷期間，好幾次夜裡，當我從硬門板上因傷口的劇痛而滾落地下時，他就驚慌地抱著我像小孩子一樣地哭起來，而我則咬著牙以頭碰地……我不時由他的目光中，讀出一種害怕失去我的憂慮與悲戚。

來台後不久，他竟突患怪病：全身發腫，漸漸腫到無法動彈的地步，在一所設備簡陋的野戰醫院檢查後知是心臟水腫。偏在此時，我奉命南調，只能在往後的星期假日去看望他……醫藥缺乏，我則窮得連買包香菸亦屬奢侈，每次分手，他總含著眼淚緊緊地拉著我的手不放，令我心酸不已……

謝敏——那樣不識青春的顏色，那樣不識歡樂的面貌（沙牧詩句）——死時還不滿二十的小兵，居然一直活在我的心上。好幾回，都想拿他來寫小說。因爲我讀到他的故事時，正是他死時的年紀；甚至小於楊喚筆下「白色小馬般的年齡」：

綠髮的樹般的年齡
微笑的果實般的年齡
海燕的翅膀般的年齡

此刻，《雪地》……《螢光集》……《死不透的歌》……攤在我的桌上，冬陽曬金似地照在書上，我在閃亮的失去的無數的也是單獨的一個小兵的生命裡，想起了那遙遠的歌：千萬將軍一個兵、一個兵……

他們的悲哀，竟是連戰死沙場也不是，竟是連告老還鄉也不是。一個渺茫的夢沒有死透，從來也不曾死透……

「老兵不死，只是凋零」不過是唯美派的紙上談「兵」。事實上有些無辜小兵莫名其妙、毫無聲息地就死掉了。謝敏或楊喚或沙牧甚或朱橋……

石器時代的電腦

如果藝術是人類心靈一面不可預測的鏡子，那麼，詩就是它的語言。古人——尤其是缺少文字記載的史前期古人——他們的聲音、思想、愛與懼怕、夢想與希望，彷彿都被禁錮在那些幽暗的墓穴或廢墟裡。考古家想方設法，就是爲了將那遠古的聲音釋放出來。

經過歲月的漂洗，那些聲音即使不是詩也多少像詩了。偏偏，考古家並不一定都是詩人。自從有了電腦，科學家拋棄了詩的方向，反倒經常會有驚人的發現，使我們對

古人不得不另眼相看。

像破解密碼似的，法國語言學家商博良（Jean-Francois Champollion）花了二十五年時間，解開了埃及大部分的文字之謎。在中國，董作賓先生鑽探甲骨文的世界，也不知揭開了多少奧祕。六〇年代的美國，轟動全世界的就是天文學家Hawkins博士利用電腦，算出仲夏與仲冬太陽的升落與英國石堡（Stonehenge）之間的關係。

由於他的推算，使得石堡的存在成爲一首詩。

有趣的是他的假說證明了古代也有電腦——就是他們花了多年工夫用現代的電腦分析研究的這個石堡。照他推測，石堡可能是新石器時代人類的天文台，石堡外圍那一圈簡直像用圓規畫出、用計算尺量過的五十九個洞，就是月蝕與日蝕發生的「日曆」。

石堡是英國南部薩斯布瑞草原上的一處古蹟，世界有名的史前遺蹟，大約建立於西元前兩千年左右。每一塊大石有五噸到二十五噸重，平均高度十四英尺，寬七英尺，厚約三英尺，這樣的八十幾塊大石柱圍成一個直徑約一百英尺的圓形城堡，工程之浩大與艱鉅即使在現代也難以想像（不過，埃及的金字塔建得更早）。難怪有人大膽推論也許是外太空「人」來搞出的花樣，地球上怎麼可能有這樣聰明的「古人」呢？

也許，「怎麼可能」正是我們好奇心最大的挑戰。

生命，是多麼玄妙——在有限的歲月裡，卻賜給我們無以限界的意志力；在不可能中也有可能的奇蹟；在短短的詩裡有情趣；在小小的音符裡有音樂；在暗夜裡有光明的希望……想像，唯有想像是跨越古今的。

曠野裡一群安排有致的巨石，難道不是古人用來跟時間做永恆的抗爭的工具嗎？電腦，這樣的偉大，算來算去，結果好像只找到了四、五千年以前的一位遠親，一下子叫它渺小了大半截。

有一次在電視上看到名人訪談，發明小兒痲痹疫苗的沙克博士說：「所有的答案其實早已存在，科學家只是在尋找問題而已。」當時覺得他的謙虛好像有點兒反邏輯，現在想起來，竟是眞理呢。

石堡，在我「古代西洋藝術史」的課上，被推爲新石器時代歐洲「文明」的代表。我沒有去過，但心中嚮往。剛好，讀到一篇文章也談及石堡：

因爲這個石堡的通衢，與仲夏和仲冬太陽的升降方向有直接關係，考古學家認爲，這是古人用來計算日曆和季節的，但也有人以爲這只是古希臘人初到英國的一個廟宇。

石頭的來源和建築的方法，也是傳說不一，但這城堡曾被歷代游牧各部落尊爲天神，卻是不可否認的。因爲他們酋長們的墳墓，像金字塔一樣的荒塚，就建立在石堡的周圍。而那些岩石，有人說是隕星的遺骸。

謎面懸在那兒五十個世紀了，而謎底呢？又哪裡去尋找那出謎的巨匠？這一次，答案與問題，又是孰先孰後呢？

傘，一片行走的屋頂

沒有人眞正確知傘最早是誰發明的。一般推測，最早用傘的是埃及人和中國人。那時候的傘不爲擋雨，而是用來遮陽。並且只有國王或皇帝才用。

讀到一篇說「傘的歷史」的文章提到：

中國傳說在西元前一千年，木匠魯班的妻子發明了傘，因爲她曾誇下海口說她能做portable roofs（手提式屋頂）。

台灣曾經號稱「製傘王國」，因爲台灣傘行銷全球之故。但是，觀光旅遊指南上宣稱是「傘的王國」的卻是義大利的Gignese——那裡有世上獨一無二的一家專門收集傘的博物館，當地居民很多是祖傳做傘的傘匠。

世上最有名的傘，當推英國首相張伯倫的黑傘。雖然英國倫敦以多霧常雨著名，但出席國際會議他也傘不離手，實是一絕。如今，黑傘好像變成了英國紳士的一種派頭，又是手杖，又是武器（據說可用來打狗和防搶劫）。

「〇〇七」電影裡頭，男人身上的許多裝備：手表、鋼筆、打火機、公事包什麼的，都暗藏玄機，關鍵時刻就變成了應急救難的工具或武器。雨傘的傘柄上，據說機關也不少。

最美麗的傘，當然是印象派畫上那些法國淑女撐的花陽傘，遮陽的實用性好像變得次要了，反而成了搭配女人衣服的裝飾品。

法國散文家蒙田，在文章裡提過義大利的太陽很毒，可是他還是拒絕用傘，理由是：

傘帶給我們手臂的沉重負擔，比對我們頭部的保護爲多。

可是，在義大利「傘的博物館」，他們的名言卻是：

一下起雨來，所有尊貴的人都得臣服於傘下。

對魯班之妻而言，傘是活動的屋頂；對義大利的傘匠們，傘卻可以叫人在雨中紆尊謙卑起來。中西異趣，眞不可同日而語。

世上有「傘鳥」——南美洲一種鳥類，公鳥交配時頭上黑色冠羽會做傘狀開放；又有「傘樹」——木蘭科植物，其果如傘。最最簡單又最最幽默的傘莫過於「可吃的傘」——巴基斯坦的鄉下人，下雨時摘香蕉樹的樹葉做傘用，雨停了就拿傘去餵牛。

可吃的傘，也是可笑好玩的傘。但是看到簡體的「傘」字，就不好笑了；因爲「傘」下的人都不見了，只剩下一柄傘架（伞）。

春日風箏飛

春天是讓人吃驚的季節。冰雪一解，所有色彩像籠裡一群鳥兒被釋放出來，略一遲疑，隨即振翅高飛。一株株枯幹，未綠已先著花，粉的、白的、紅的、灰蒼的，轉眼錦繡一片。還有「春伴鳥聲開」的境界，鳥音喧噪之後，天空裡出現了風箏。

有風的日子，紙和樹枝糊成的玩意兒，居然變成了一隻隻翺翔的鳥（叫它紙鳶或紙鷂？太妙了）。一根幾乎看不見的線，可以那麼穩當地拉扯它，叫它上升或下降，給它似乎可以控制又無把握的充分自由。這豈不是令人吃驚的事？

三、四月是美國孩子放風箏的日子，新聞報導中有風箏比賽的消息，課堂上有教做風箏的手工課。孩子忙，家長也忙。於是，無垠綠野，大人小孩興高采烈，牽牽扯扯，跑跑跳跳，一隻隻風箏飛得半天高，青天裡突地多了許多彩蝶，好不熱鬧。

風箏據說是兩千四百年前希臘人Archytas發明的（一說他發明的是可展翅飛翔的木製鴿子）。中國人兩千兩百年前也有了風箏：春秋時，魯國欲攻打宋國，「爲木鳶以窺宋城」。發明人據說就是巧匠魯班。首先玩風箏的當然也是中國人，五代替風箏（當時叫紙鳶）繫上竹管，風吹有聲如箏鳴，風箏因而得名。傳到日本，放風箏發展成一項全民運動，甚至還有風箏戰。

讀過日本人用風箏打架的事。給風箏繫上尾巴，尾端及二分之一處纏著可以割斷別人風箏線的兩個鐵片，放風箏的兩人相距五十呎，把風箏放得低低的便於控制。兩隻風箏在空中打起來，誰的線先斷就是輸家，贏的可以擄獲對方的風箏。

五月五日是日本的男童節，家中有男孩子的就在門口插一長竿，竿上拴幾隻鯉魚形風箏（鯉魚形典故出自中國的「躍龍門」，有「望子成龍」之意）。有些魚身長過八尺，每條魚都塗有彩繪。這種風箏還有一個故事：以前有個日本小男孩金太郎，在河邊看漁夫捕魚，忽然發現水中有條吃人魚。漁夫們聚精會神忙著工作，竟無人注意。他於是跳進河裡和魚拚命，最後殺死了吃人魚救了漁夫。

中國人的風箏少有傳說軼聞增色，最有名的大概就數《紅樓夢》七十回，寶玉和大觀園眾姊姊妹妹，借暮春好風放風箏，「也放放晦氣」。書裡提到的風箏款式有美人兒、有大螃蟹、有軟翅子大鳳凰、有寶釵的七個大雁；知道作者曹雪芹善紮風箏的，恐怕寥寥無幾。他寫過一本《南鷂北鳶考工志》，儘管自嘲風箏「比之書畫無其雅，方之器物無其用」，但〈瓶湖懋齋記盛〉引于叔度的說法，盛讚：「芹圃所紮人物風箏，繪法奇絕，其中宓妃與雙童兩者，則爲絕品之最。」

中國人對風箏講究多，放風箏時大約也喜歡比比誰做的最美最巧。在我想像中，蝴

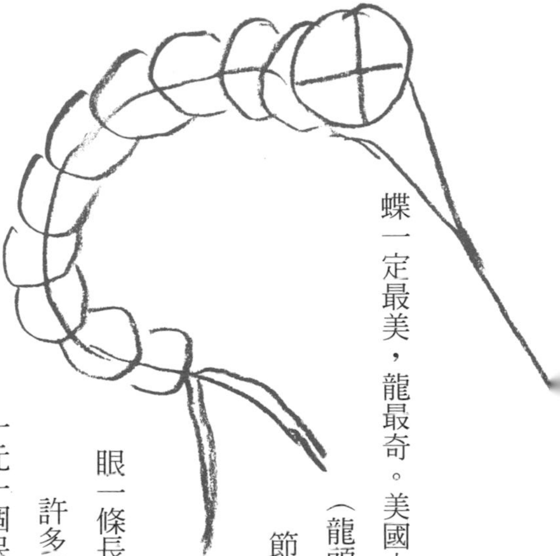

蝶一定最美，龍最奇。美國人寫過中國人放「龍箏」壯觀的場面。一個巨型風箏（龍頭）領著一打以上的小風箏（龍身），通常九九重陽時節放上天。五、六個人到沒有大樹的山頭，高舉著風箏，風一來，爲首拿線的人一聲令下，只見一隻怪物好似剛由睡夢中醒來一般，慢騰騰升起來了。轉眼一條長龍飛入雲端，龍尾長得用眼睛找不著最末一節。

許多書上記載的東西都已不復存在。現在看見孩子們爭購一元一個保證飛得上天的塑膠風箏，我也從來沒有像這樣的惋惜，有過這樣的鄉愁。

放風箏應當是詩意的，總和春風綠野快活的童年有關。多了幾隻活潑快樂的風箏，使春天的美麗像找著了翅膀，由靜而動，由動而超越了。能不驚奇？

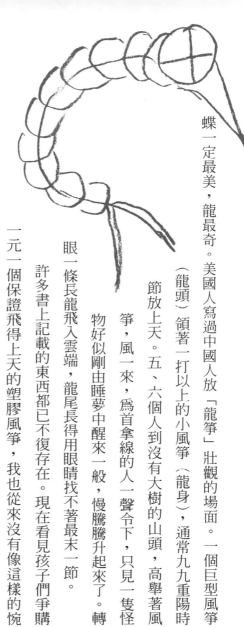

把寂寞縫起來

有人說，精緻就是一種藝術，講究也是藝術。中國菜能享「美食藝術」之譽，主要就因爲做工精細講究。我在奧克蘭藝術館看了美國的民間藝術：拼花被（Quilt）作品展，眞覺此言不虛。

拼花被十九世紀在美國風行一時，但並不被視爲正統藝術。二十世紀女性主義興起，它才開始出頭。女作家Whitney Otto的小說《編織戀愛夢》（*How to Make an American Quilt*）裡，就把婚姻和戀愛寫成了一張百衲被：婚姻是整體，戀愛是上面千百片碎布的個體。一床花被是一個整體，也永遠是一個個分開的個體。那上面有縫製者的樂趣，有不同花樣的零頭布，還有時間碎片裡積累的故事：關於歷史和家族。

一九三〇年代Sears百貨公司曾提供七千五百美元獎金，舉辦了一次拼花被大賽，第一名可得美金一千兩百元，共收到兩萬多件作品參賽，轟動一時。可是引發的爭議卻比獎額之高更爲不朽，因爲得獎作品多半出自黑奴之手，名利雙收的卻是他們的主人。一張拼花被，在女人之間居然對於民權的覺醒起了發酵作用，誰也不曾料到。

要有多麼非凡的精力、毅力、組織和自律的能力，才能完成一床拼接一千個小片的百衲被啊！它的無序性、隨機性和個人意志，多麼像我們生活的本質：重複、單一主題，卻也同時充滿了多樣的選擇，可以齊頭並進。最終女人走出了女人的桎梏，也走出了自創的一條藝術之路。

拼花被用的技巧，跟中國人做棉襖大同小異。不過，棉襖止於實用，拼花被卻演變成藝術。

美國拓荒時期的婦女，跟中國舊社會女性日常做的事差不了多少。我們繡花做布鞋，她們針織縫棉被。沒出嫁的女孩兒，休閒時給自己縫製嫁妝，已婚的女子就給嬰兒做些小被小毯、給大人準備禦寒的衣物等等，總之，「女紅」是必修的品德。可是，中國女子可憐的是腳給纏小了，只好大門不出、二門不邁，低著頭各繡各的。美國的婦女自由多了，逢了下雨融雪的天氣就組織「棉被會」，大家輪流到一個人家裡合縫一床被子。

奧克蘭藝術館展出的作品當中，有用上千片碎布縫製成的，兩層布中間墊的那層棉花，每一針縫下去，棉花便凸出來，那種立體的感覺很叫人喜歡，彷彿能使人得到更多的溫暖。她們還講究正反兩面的針腳大小粗細完全一樣，簡直像機器扎的。眞正懂得欣賞拼花被的行家，並不看重花色圖樣，看的就是這些針腳做出來的底紋。有位女士花了十七年的工夫才縫了一床，十七年的完成——就是一個生命，也要有驚人的改變：家裡的小狗或許老死、搖籃裡的嬰孩要上大學了、女兒都做了媽媽——而她，那個耐心的女人，一針又一針地完成了一件不朽的藝術品。

自以爲古老的國家，往往譏笑美國沒有文化。然而拼被這種起源歐洲的「老祖母的藝術」，如今給美國婦女發揚光大，成爲民間藝術重要的代表，將來自然更要成爲她們傳統文化的象徵。見賢思齊，我不免想到我們的「刺繡」。

雖然現在用不著自己縫棉被了，可是美國婦女並沒有丟棄這種手藝。曾在女性雜誌上讀到：「我們生活的細節，在某些方面是愈來愈標準化，然而我們的自我表現（Self-expression）卻是愈來愈多彩多姿了。」能說這樣的話，是多麼地自豪；她們有這樣的自知，又是多麼叫人欽佩。

生活的標準化，能促發藝術的多樣化，理論上大概可以成立。不過，寂寞時分人人會有，有的人寂寞起來要尋求刺激才行，有的人卻可以一針一線地把寂寞縫起來——十七年後，縫成藝術館裡的一床掛毯。

生活簡化了，多出來的寂寞彷彿更多了。怎麼樣排解呢？實在端看我們用藝術把寂寞縫起來的能耐吧！

龐貝金手鐲

一只金手鐲，從腕骨上輕輕被褪了下來。

正在龐貝古城考掘的領隊先生，不禁發出了驚喜的讚嘆：

「啊，多麼完美的手鐲！」

人類學家從手鐲附近挖到的骨頭堆中，讀出戴手鐲女人的身世：

「女子大約二十七歲，家中富有。她大概生過兩三個孩子。看這純金的手鐲——兩頭蛇的設計，做得多巧。兩個蛇頭口對口，蛇信跟蛇

廣 告 回 信
台灣北區郵政管理局登記證
北台字第10227號

105

台北市南京東路四段25號11樓

大塊文化出版股份有限公司 收

地址：　　市/縣　　鄉/鎮/市/區　　路/街　　段　　巷　　弄　　號　　樓

姓名：

（請寫郵遞區號）

大塊 LOCUS 文化

Future · Adventure · Culture

謝謝您購買這本書！
如果您願意，請您詳細填寫本卡各欄，寄回大塊文化（免附回郵）
即可不定期收到大塊NEWS的最新出版資訊及優惠專案。

姓名：＿＿＿＿＿＿ 身分證字號：＿＿＿＿＿＿ 性別：□男 □女

出生日期：＿＿年＿＿月＿＿日 聯絡電話：＿＿＿＿＿＿

住址：＿＿＿＿＿＿＿＿＿＿＿＿＿＿＿＿

E-mail：＿＿＿＿＿＿＿＿＿＿＿＿＿＿＿＿

學歷：1.□高中及高中以下 2.□專科與大學 3.□研究所以上

職業：1.□學生 2.□資訊業 3.□工 4.□商 5.□服務業 6.□軍警公教
7.□自由業及專業 8.□其他

您所購買的書名：＿＿＿＿＿＿＿＿＿＿＿＿

從何處得知本書：1.□書店 2.□網路 3.□大塊電子報 4.□報紙廣告 5.□雜誌
6.□新聞報導 7.□他人推薦 8.□廣播節目 9.□其他

您以何種方式購書：1.逛書店購書 □連鎖書店 □一般書店 2.□網路購書
3.□郵局劃撥 4.□其他

您購買過我們那些書系：

1.□touch系列 2.□mark系列 3.□smile系列 4.□catch系列 5.□幾米系列
6.□from系列 7.□to系列 8.□home系列 9.□KODIKO系列 10.□ACG系列
11.□TONE系列 12.□R系列 13.□GI系列 14.□together系列 15.□其他

您對本書的評價：(請填代號 1.非常滿意 2.滿意 3.普通 4.不滿意 5.非常不滿意)

書名＿＿＿ 內容＿＿＿ 封面設計＿＿＿ 版面編排＿＿＿ 紙張質感＿＿＿

讀完本書後您覺得：

1.□非常喜歡 2.□喜歡 3.□普通 4.□不喜歡 5.□非常不喜歡

對我們的建議：＿＿＿＿＿＿＿＿＿＿＿＿＿＿＿＿

信交纏相連著，非一流藝匠做不出來。火山爆發時，她一定睡得很熟，沒來得及逃走……」

美麗的金手鐲，如今在博物館的金飾櫃裡鎖著——深鎖著的還有一則屬於它的傳奇故事——這樣公開又這樣祕密；這樣遙遠又這樣唾手可得。

我望著櫃子裡兩千年前的金手鐲，再看看自己手上戴的，不免繼續想像下去……

兩千年前的女人，美麗富有，有一天，從她愛人手中接下這只精心打造的禮物，多麼驚喜，多麼快樂，多麼幸福啊！那時的女人，當然不可能像我一樣愛買什麼買什麼，只能等待愛人的餽贈吧？

也許，她的愛人正是一位藝術家呢！特別爲她偷偷創作了這一只——用他無比的愛戀與熱情，在他謀生之外偷閒的時間，悄悄爲她製作。

這完美的藝術品，使我忽然得出一個古怪的邏輯：

一塊金子，透過一位藝匠之愛，變成了手鐲。

金子是題材，藝匠和他心愛的戀人以及你和我，都不過是愛的工具；

愛，才是一切。

情人的愛、藝術的愛、鑑賞的愛、考古的愛以及我這懷古的癡愛……

那藏著沉默啓示的手鐲，靜靜躺在那裡，心痛也無聲、心碎也無聲……

同去的朋友覺得不可思議地望著我說：

「不過是一只鐲子罷了。」

我想起喬治桑的話：

如果命定我爲義務而生，上帝應除去我頭腦中對詩與藝術的熱愛以及嚮往自由的本能，以免使我盡義務如苦刑。如果我命定爲藝術與自由而生，祂應除去我心中的憐憫、友誼、關懷和不忍傷人之心，以免我總是因此功敗垂成，前途受阻。

唉，我一定是上帝做壞了的一件藝術品——腦子裡裝的和心靈裡受的，都讓我多受苦刑。

琴譜靜思

偶然讀到《松風閣琴譜》，才想到我們現在習以爲常的「五線譜」，其實是由西洋進口的舶來品。古人用的樂譜，看起來古怪，但很有趣。

譬如〈樂山隱〉譜：作曲人是鄭正叔，用的是羽音。中國的古調大概分宮音、商音、角音、徵音、羽音和清商。我不懂音樂，想來跟西洋的什麼C小調、G大調相當。可是，樂譜也直寫，卻是我始料未及。右邊是詞，詞左是曲。曲的寫法全是手在琴上的指法。

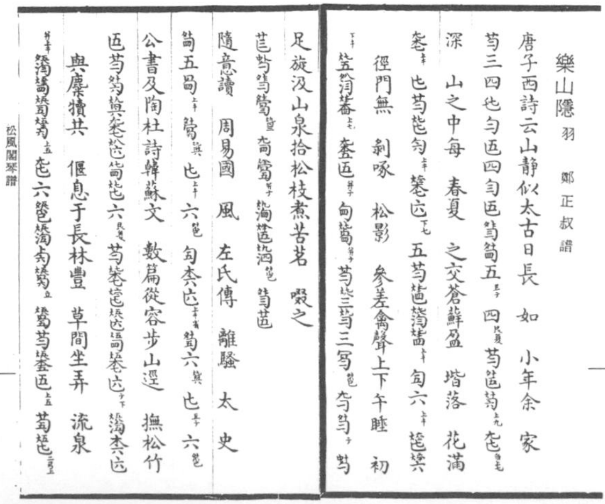

樂山隱 羽 鄭正叔譜
唐子西詩云山靜似太古日長如小年余家
深山之中每春夏之交蒼蘚盈堦落花滿
徑門無剝啄松影參差禽聲上下午睡初
足旋汲山泉拾松枝煮苦茗啜之
隨意讀周易國風左氏傳離騷太史
公書及陶杜詩韓蘇文數篇從容步山逕撫松竹
與麋犢共偃息于長林豐草間坐弄流泉
松風閣琴譜

十個指頭，又是劈（尸，大指向外），又是抹（木，食指於弦上以甲尖端正而木之），還有挑乚、勾勹，撥癶、摘……等。再加上雙彈、三彈，左手、右手……讀起來可能比實際操作複雜。

西洋音符像豆芽菜，中國的音符也長得奇怪：像數學的微積分。

音樂，既抽象又立體，記錄成平面的文字，眞難爲了音樂家。西方科學家說：音樂是第二種語言系統。但要翻譯文化背景各異的樂曲，卻比文字的翻譯難得多。「不是因爲音樂太抽象，而是太精確之故。」這話好像是孟德爾頌說的，但我一直不理解其中的邏輯。看到這張古樂譜，使我忽然悟到：音樂本身其實就是一種「翻譯」。

把戰場十面埋伏的萬馬奔騰之狀「翻譯」到琵琶的弦

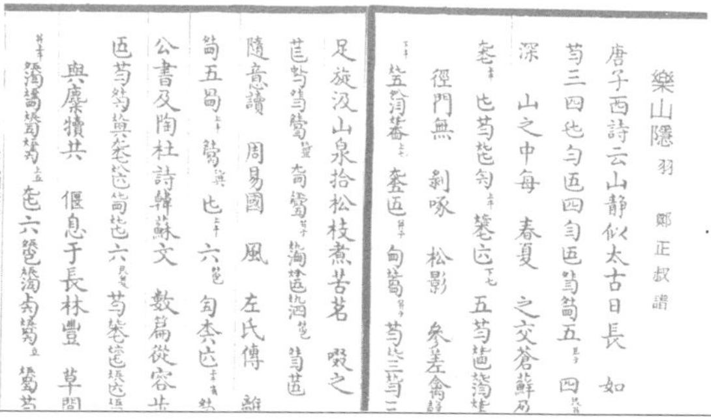

松風閣琴譜

上；把月色山光的冷清明淨「翻譯」到管弦笛鼓的合聲之中。不管哪種文化，鼓和笛，據說都是最早的樂器。但後來越來越會發現簡單的音樂還不夠細膩、不夠精緻、不夠豐富。感性，往往感受的不是單一的感覺，而是多樣的混合。生機與活力，怎樣「翻譯」？愛與死，怎樣「翻譯」？音樂，好像要藉你我的耳朵「翻譯」人生中的那些非理性。

山靜似太古，
日長如小年。

想來也只有古琴可以達意了。

如今這電子音樂的時代，還有以電子設備記錄地球的電流現象，再譯為音樂記號的。在泰國，就有僧侶把這些波動

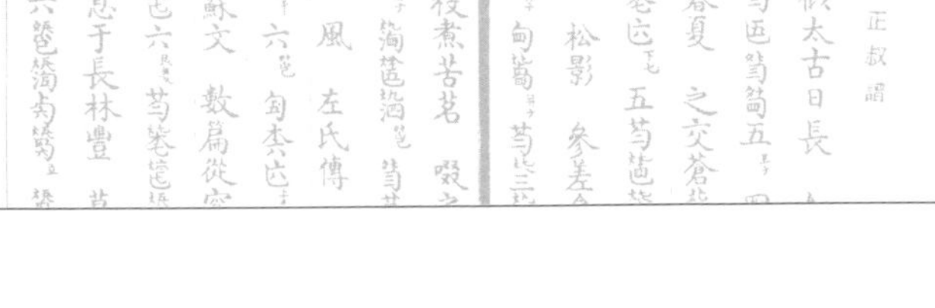

的圖形與聲態配以十八樂句的傳統音樂，編寫錄音下來。美國也有「太陽在地球磁場上的演奏」、「外太空的鼓聲」之類的前衛音樂。你如果讀到他們的理論，會啞然失笑。他們認爲音樂並不是憑空想像的，也不是由人類獨創，音樂由地球的岩石與水流、樹和雨、風和鳥……塡滿靜止的空間，有的我們能聽見，有的我們還不知道如何聽見。這跟中國藝術論中的「師法自然」不是有著「異曲同工」之妙嗎？

以前我覺得中國古樂單調，現在流行所謂「地球的呼吸」、「Meditation」的新世紀音樂，雖然混合了各種最新式的樂器聲，聽來也一樣單調——文明的極致，也許就是靜，靜如太古。而靜，現代人卻正在以科學的方式來追求呢！

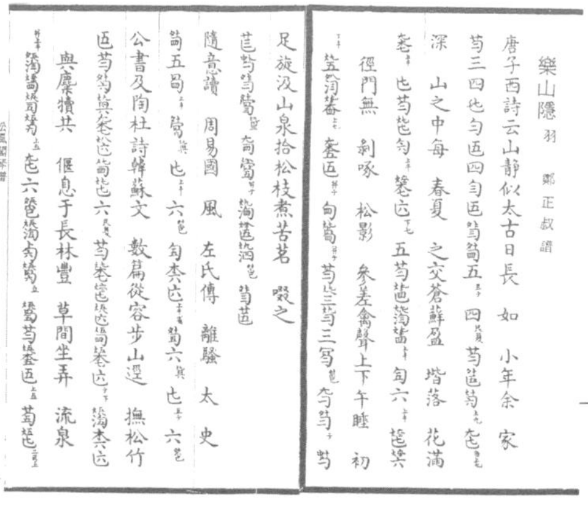

棋談

車行直路馬行斜，炮轟當頭隔一著。

小時候，因爲有個愛下棋的舅舅，棋盤上的「順口溜」聽得滾瓜爛熟。舅舅迷棋成癡，有時一下班就找棋友，下得天昏地暗忘了吃飯忘了回家。有一次，深更半夜摸錯了門，進了隔壁秦老伯的家，舅媽忍無可忍告到我母親這裡，他才漸漸收斂了點兒。舅舅是個可愛的人，但下棋叫人上癮——上癮是不可愛的，這是我小時候得來的結論。

下棋的名堂不小，圍棋有縱橫十九條線、三百六十一個著點，黑子一百八十一顆，白子少一顆，因通常黑子先下。棋經上說：彼衆吾寡，先謀其生；吾衆彼寡，務張其勢。

將士相車馬炮，率著一班兵卒，象棋盤上有十六顆子供弈者運籌帷幄驅策調度。西洋棋，棋盤有六十四個方格，棋子三十二只。

表面看來，只要學會規則，下棋這種遊戲並不難。可是據科學雜誌研究，像西洋棋這種「簡單」的遊戲可以組成的棋局，最少有十的一百二十次方（一的後面要跟上一百二十個零）種可能。即使發明每秒鐘玩一百萬局棋的電腦，也得花「十的一百零八次方」年，才能玩遍全部排列組合出的棋局。因此，下一盤十全十美的棋，理論上幾乎不可能。一個人一生中能下幾盤自己極為滿意的棋就不錯了。

說到滿意，有時候不一定贏了才會滿意。有人贏得輕而易舉，反而不樂；輸得千辛萬苦，卻引以為榮。我相信每回世界棋王爭霸戰，都不免有這種現象。有時一步妙棋起死回生，也有的時候一著之差陷於苦戰。不過，下棋終究是虛擬的廝殺，失手了認輸，可以翻盤重新來過。不像真實人生，起手無回。

如今，我行到人生的半途，讀過瑞典導演英格瑪・柏格曼的《第七封印》電影劇本，對棋與人生的觀照又有了新的體會。

《第七封印》中，武士與死神對弈——武士說：

只要沒分出勝負，我可以繼續活下去。如果我贏了，你就得放過我……

人生，只有心甘情願的輸，從沒有贏的可能。活著，靠的就是不服輸的癮頭。所謂癮，不過是一份盲目的癡愛。蒲松齡《聊齋志異》中說：「性癡則志凝，故書癡者文必工、藝癡者技必良。世之落拓而無成者，皆自謂不癡者也。」

我雖然沒在棋盤上動過手，但我心上那穿黑斗篷的對手早已等在那兒了。如果可能，我很想告訴他：請別來打擾，我正迷戀著下棋之外的遊戲啊！

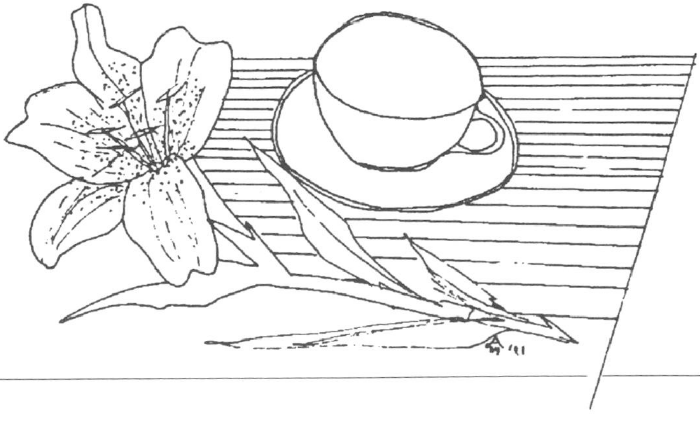

靜默盛開的生命

東方熱正發燒，舊金山亞洲藝術館有一個「中國考古的黃金時代」特展，展出中國大陸近五十年來考古的重大發現，精選兩百四十件出土文物。因爲具有編年的特殊意義，使中國六千年的歷史皆有跡可尋，無論是質是量，都相當驚人。

果然，我去了又去，總覺得沒有看完的時候，也不知道是復古的眷戀，還是想自那些古物身上找到承先啓後的再生之祕。站在倖存的古物面前，好像看到一個曾經玉石俱焚的廢墟開始重建，心中充滿莫名的欣喜與感動。

有的古物才出土不過二、三十年，尚未考出個所以然來。最奇的是一九八六年四川成都附近廣漢三星堆挖到的一些面具和一個大銅人，「長」得像印加文明的古物，很不像是中國的。我把展覽海報上「金箔人頭像」拿給老外看，每個人都說：「這是祕魯挖出來的還是墨西哥的？」我於是打趣：「公元前兩千年中西文明就已經交流了，信不信由你。」

說到文明交流，以前倒是眞有人質疑過中國的青銅器製作並不是世上最早，有可能是中東傳來的。但是中國的製品最精美，卻是世所公認。

看到許多青銅做的禮器酒具，有重兩百多公斤的大鼎、有寫滿文字的青銅盤，使我想起布魯諾斯基《文明》書中的妙語：「青銅，是商代的塑膠。」笨重的金屬，在商代卻像塑膠一般可以隨心所欲造形，也只有布魯諾斯基那樣博學的科學家形容得傳神，眞是妙極。

四千年前中國人打造青銅的時候，歐洲人正在刻巨石柱。人類好像同時開竅，都聰明了一下子。可惜當時還沒有「作家」這一行，不然記下古代人發明現場的實況傳世，多有意思。

因此銅器上刻畫的古文字，比圖案更使我驚異。以前文學史讀到散文的寫作最早可以推溯到「散氏盤」上記述的文字。原來散文的鼻祖，竟是「堅如銅鐵」般的文章呢。

展品中又看到一個青銅盤（史牆盤），上有銘文記載了最早七位周天子以及微氏貴族五代成員的豐功偉績。對那隻大銅盤肅然起敬，在它面前自己突然成了「目不識丁」的文盲。那種既有趣又莊嚴的感覺，還是平生第一次感受。

秦始皇的兵馬俑，在西安已實地見過，並不覺得多可觀。幾千兵卒合葬的墓穴，懾人的氣勢非親臨其境不能感知。

面對這些超時空的藝術品，我又有所悟：美與純熟技藝的結合，不就是天人合一嗎？什麼是比生命永恆的東西呢？

日本名導演小津安二郎的墓誌銘，那墓石上只刻了一個字：「無」。無不等於空，禪學上，「無有」反而是一切的意思。眼前看似不會生長靜默的文物，卻張放著多麼美麗盛開的生命啊。

黃河邊，一塊澄泥硯

書上讀過：尼羅河每立方公尺含一．五公斤泥沙，黃河卻有三十七公斤，所以河水老是發黃。黃河在入海口每年能造二十三平方公里新生地，也拜驚人的含沙量之賜。歷史記載的黃河改道就有二十六次之多。黃河沿岸的防洪堤，據說跟「萬里長城」不相上下，只是有些堤岸如今都淹到河底下去了。

結構主義之父李維—史陀說：「從人類開始呼吸進食起，哪一件事不是將千萬個結構與沖沖地掘毀支解成無法再整合的狀態？」宇宙的初始沒有人類，青康藏高原是從海底升上來的。黃河跟人你死我活地相互解構，不知道是人類整合地球呢還是地球整合我們人類？一代代都想整治黃河，但顯然黃河更有本錢任性，因爲它不靠我們活，我們非靠它不可。

在黃河遊覽區攬勝，我實在無從想像歷史上的水災肆虐，不但仇痛之情無由產生，黃河這個「麻煩製造者」如今看來還十分慈祥，沙多水淺。文明的重心都搬移到海洋邊上去了，黃河這老母親反而使我同情不已。

浩蕩的河水雖沒見到，但是，那天在黃河邊上遇見王玲，我心中就多出另一條黃河來了。

王玲和她的丈夫張存生是在黃河遊覽區研製澄泥硯的藝術家。原來參觀他們的研發中心不在安排之中，可是我從高空纜車俯視山腳下，先看見遠處一排泥雕，再看見泥雕旁有塊招牌：黃河澄泥硯研製中心。我對澄泥硯早有所聞：「黃河澄泥硯，唐興而元衰，世物極少，技藝泯滅久矣，大憾。」一般硯台都是石頭雕成，澄泥硯卻是泥塑磚燒，用黃河的泥沙燒製硯台，當然更有創意。也是緣分，踏破鐵鞋無覓處，如今竟在腳下，於是我堅持一定要去看看。

觀光淡季，賣澄泥硯的商店都關著門，好不容易來到張存生王玲的作品展覽室，走出來一位娟秀年輕的女子，看起來不過二十出頭，穿著藍色工作服。領路的人介紹：這位就是王玲。澄泥硯就是她研發的，得過專利發明金獎。我眞不敢相信，眼下這個跟我女兒一樣大的女孩兒就是鼎鼎有名的藝術家。

她帶我們來到空中纜車上看到的磚雕牆下，果然名不虛傳。那道磚牆是王玲夫婦花了三年多時間，用黃河泥沙做成澄泥燒製的《紅樓夢》大型磚雕。兩百米長的磚雕在北京展出時，轟動中外，還得了一等獎。原來，做澄泥硯對他們不過雕蟲小技。

江南有宜興壺，黃河邊的金沙壺也頗有名氣。可是我到蘇杭一帶到處看到賣宜興壺和用宜興土燒製的工藝品，可在河南卻很少有地方賣金沙壺。是這兒的骨董太多，一把小壺不在眼裡？還是王玲本是藝術家，製壺顯然只是工匠的手藝？

我說我想買幾把澄泥硯帶回美國，工作人員拿出一些樣品，我看中一方黑硯，線條極簡當中只有兩個白色行草：石澤。但王玲拿起那硯，撫摸再三說：「這硯我不能賣，這是我愛人寫的字。」說著，眼淚湧了上來，原來她先

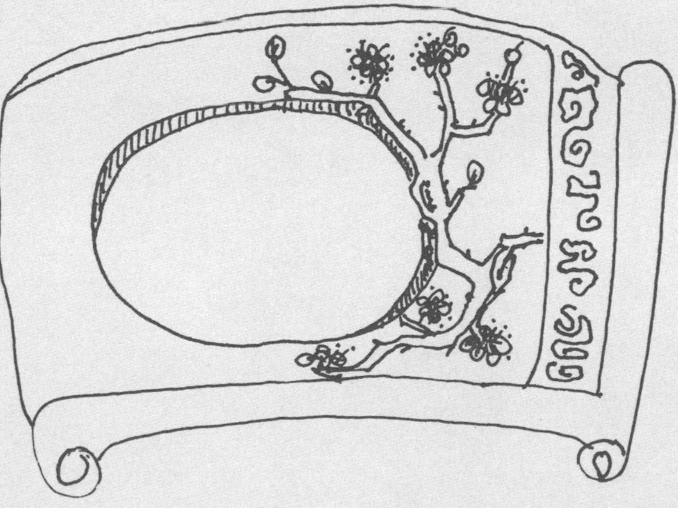

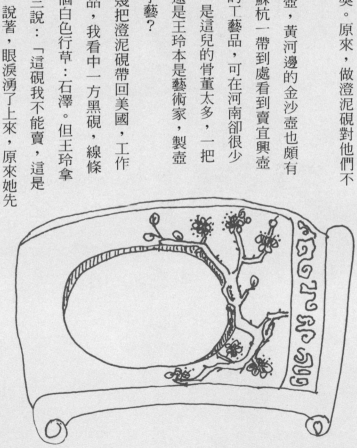

生剛去世不久。她還說：「他去世時我沒有心情，好些他的作品都給人買走了，現在後悔都來不及。他的東西我想自己留著。」不由得我也心疼起來。

九七香港回歸當時，中國送的禮物就是張存生王玲夫婦設計的。全國參賽的作品非常多，他們夫婦設計的青銅畚由九條龍盤成，脫穎而出。誰也沒有想到，這莫大的殊榮卻斷送了張存生的性命。

王玲淚汪汪講起她先生日以繼夜趕工完成那件巨作一病不起，我像聽到一個現代版窯變的故事：古時有皇帝命工匠製陶，指定要特別

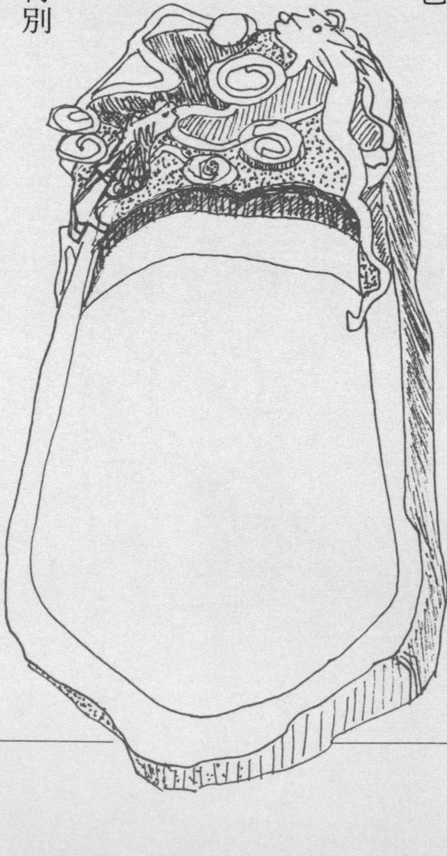

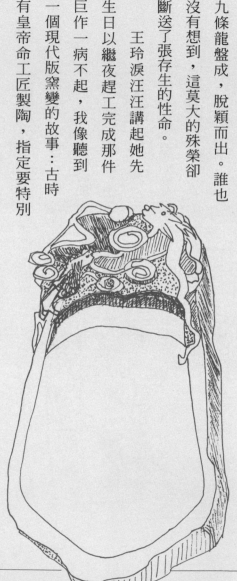

的顏色，工匠做不出來，時限一到就得砍頭。結果工匠的女兒往窯裡縱身一跳，用鮮血染成一件成功的窯變，救了父親一命。唉，張存生竟把自己的生命鑄進展示廳中那件九龍青銅雕裡去了。

沒花多少時間挑選，更不敢還價，我立刻掏錢買了兩塊他們做的澄泥硯。一直到現在，每當我撫摸著這溫潤如玉的泥硯，王玲那含淚的眼睛和我當時的心疼，我還能感覺得到。

藝術不也是一條黃河嗎？住在它身邊的人，要飽受多少氾濫多少災變？到底，是藝術被我們用生命整合了呢，還是在藝術裡才能整合出我們自己的生命來呢？

清明上河園

要說「古爲今用」，河南開封的「清明上河園」是個絕佳的範例。

這座建在開封市郊的遊樂園，完全是按照〈清明上河圖〉那張古畫仿造重建的。眞有意思，好像中國式的迪士尼樂園。

早上九點開園典禮，用的是宋代鼓樂，黃色旗隊加上鼓聲隆隆，

氣派又充滿朝氣。鼓樂完畢，園門打開遊客方能入園。入得園去，有郊野、有汴河、有虹橋，有市廛之居，有酒家商鋪、車轎人馬，好像眞的走進了宋代，走進〈清明上河圖〉畫裡去了。

賣刀的賣藝的、賣民間工藝品的就當場示範，每道風景線上都可以看到不同的民俗表演，節目安排得緊湊別致，目不暇給。幽默滑稽的雜耍也好，拋繡球選駙馬也好，最精采的是忽然看見路上來了一輛囚車，裡頭押了個犯人，押解犯人的牢頭作威作福的討厭極了，路邊幾個小販忽然聯手把那牢頭教訓個痛快。接著一群綠林好漢出現了，原來是《水滸傳》裡的土匪英雄來搭救他們的哥兒們宋江。這裡的娛樂水

平，一點也不輸國外。加拿大的觀光口號是：我們不能輸出風景，但可以輸入遊客。「清明上河園」眞是個輸入遊客的好地方。

妙的是那兒的導遊也很有一手：他們帶你去到考舉人的考場，有兩位考官是太監，從遊客中間選幾位上台應考。考題是什麼呢？去時一路上導遊就已經「公然」洩題了：

問：〈清明上河圖〉是什麼朝代的畫啊？

（答：宋代。）

問：誰畫的？

（答：張擇端。）

問：畫的都是什麼呢？

（答：北宋都城汴河兩岸風情、小市民的活動——

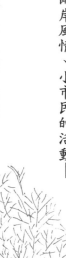

——「清明」有說是清明節、有說是地點清明坊，有說是太平歲月，一片清明。）

說實話本來只知道那是一幅宋代捲軸，到清明上河園遊了一圈回來，舉人沒考上，對那張畫的學問可大有長進。寓教於樂，開封做了個好樣板。

以前老聽河南人說：「我們小時候當瓦片踢著玩的，都是漢代瓦當。門口地上全是甲骨，還沒有人要呢。」聽起來眞過癮，吹牛想打個草稿我都萬萬不會想到這樣說話的。

人也眞是的，非得失去後才能眞正明白擁有過的好。要不是北宋衰亡偏安南宋去了，也不會有張擇端這樣的畫家爲了懷念北宋繁榮的生活，畫出這不朽的名作。

這張〈清明上河圖〉，回美後，拿著放大鏡看了個仔細，使我想到葛飾北齋的「富嶽三十六景」（後增訂爲百景）。不知道有沒有人拿這畫跟日本北齋的富士山做個比較，可以是很好的博士論文題目呢。

《辭海》裡說：〈清明上河圖〉，存世之本比任何畫作都多。故宮收藏就有七個本子，宋張擇端兩卷、明仇英一卷、清沈謙一卷，還有乾隆時五畫人合作的一卷。在我帶回來的這一卷仿畫上，讀到畫跋裡頭一個有趣的「掌故」：

〈清明上河圖〉流傳至清末民初，據傳辛亥革命軍進駐皇宮，有兩個革命黨要人爭奪該圖，各得一半。孫中山先生知情後，規勸兩人將圖交回歸公，造成了半截馬之謎。復合時，有一匹馬失去頭頸無法尋回，終成憾事。爲了尊重歷史忠於原作，我們保留了原貌，並非製作失誤。

那匹半截馬在畫中哪個部位，我想自私一下，恕不奉告。賞畫是愈孤獨愈好，這是我自己的哲學。何況古人說過，賞畫有五不可：燈下、雨天、酒後、俗子，最後一個就是像本人這一類的——婦人也。

遠古的鼓聲

龍鳳

龍是會飛的，當然。既能從雲又能入海，才像「神」的樣子。神必須能做人所不能的，原則上不錯，可是，有翅就能飛麼？有鱗就不會淹死？神龍，實際上不過是一個「人所不能」的集合體罷了。

鳳卻可以一步步走來。有鳳來儀，飛來的？走來的？沒那麼重要。時間在遠古，都靜止在文物上了。飛也不快，走也慢不了多少。眞有趣。

山東沂南北寨村出土的漢代畫像石磚上，曾見一幅「車戲」圖：車上有個人正在表演高空倒立的特技，那輛雙輪馬車卻不是馬拉的。拉車的竟是三頭龍。龍拉的馬車，的確更有飛馳的感覺，不得不佩服那位石刻藝術家的「神來之筆」。然而，那位正在三四層疊案上搖搖欲墜的雜耍者呢？古代，因著想像，可以更美，可以更眞。

唯有善，好像必須是現世的才好。在現世修得的善，才有價值，才對現世的人有益。不然，龍有翅膀又怎麼樣呢？鳳有華麗的羽翼又怎麼樣呢？

追求眞與美的人是有福的。但對受苦的人能動了善心加以拯救，才是聖賢。想起在印度服事那些臨死的「異教徒」的德蕾莎修女，使我想到：「其猶耶穌乎？」（孔子會見老子之後對弟子說：「吾今日見老子，其猶龍耶。」）

「龍的傳人」天生是超現實的？

「基督的傳人」實際多了。

龍鳳，是不具希望的想像。基督，卻是充滿了想像的希望。

二桃殺三士

《故宮文物．漢畫選》書裡，看到一張石磚畫──河南南陽出土的「二桃殺三士」畫像。

圖中置一高足盤，盤中有二桃，盤左一人，持長劍。盤右二人，近盤者一手伸向桃子，另一人舉劍做欲殺狀。

兩只桃子害死三個「士人」？怎麼有這麼不值錢的讀書人？我忍不住細究詳情。

話說齊景公時代，景公身邊有三位勇士。一次相國晏嬰從他們身邊走過，三人竟然坐而不起。晏嬰看在眼裡，心裡很不是味道，認爲他們不懂禮義，是「危國之器」，建議景公把他們全部除掉。

無緣無故殺掉他們，當然不成「體統」。晏嬰出了一個計謀，叫齊景公送了兩個桃子，讓他們自己比功勞，功高的可以吃桃。

結果，三人一陣較量之後，相繼「知恥」而自刎。

故事記載於《晏子春秋・諫下》。

兩個桃子下落不明。大概，齊景公和晏嬰正好一人分食一個。

遠古的鼓聲

甲骨文裡的「彭」字，是會發出聲音的。

楚戈〈商周時代的象徵藝術〉說到原始社會一件重要的禮器：鼓。而「彭」這個字，就是從鼓來的。

「彭」字左邊是個鼓，右邊那三撇，是打鼓的聲音。

我對那三撇鼓聲，眞是一見鍾情。一個死文字，加上了「遠古的鼓聲」，忽然就活了過來。

想起小時候曾經跟大女兒說到「萬」這個字——因爲教她認中文裡的數字，一十百千都容易，到了「萬」字就麻煩。

我說：「萬」字是由蠍子變來的，母蠍生小蠍的時候，一生就生幾千幾百地數不清。而且，小蠍子生下後會爬到媽媽背上，密密麻麻的。所以數目太大好像數不清，就叫人想到母蠍子身上的小蠍子，於是有了「萬」字。

到現在我還記得當時女兒那副驚喜不置「天方夜譚」似的表情。

十年後，她大學畢業，主修正是Paleontology（古生物學）。

講究

八材：珠曰切、玉曰琢、木曰刻、革曰剝、象曰磋、石曰磨、金曰鏤、羽曰析。

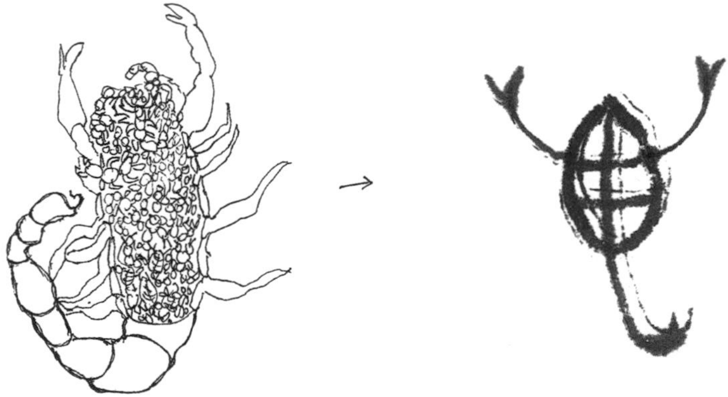

二十多隻小蝎子爬滿母蝎的背上
在母親的背上待10—16天脱皮後才成蝎.

在藝術上，什麼材料用什麼技術，文字的講究眞是不厭其煩。上述「八材」可見一斑。其他還有打鐵、銅鑄、土塑、陶捏、瓷燒、漆雕……什麼的。

藝術，大概就是講究。講究，就是不厭其煩。

我不懂的是，象牙爲什麼要「磋」？打牌叫「搓麻將」，跟「不厭其煩」也有關係？（磋與搓，一用機器，一用手？）

《辭海》說到「磋」字，曰治獸角以切，治象牙以磋；切磋，用以喻做學問。

想到：砌牌洗牌搓麻將，所切所磋之材料，惟時間與金錢耳。

現代人高速生活的畸形發展，我想，就是不厭其煩地賺錢、不厭其煩地殺時間；卻不能耐煩地慢慢切磋或欣賞一樣可以成為藝術的功夫。

精神的講究，關乎氣質，有錢恐怕也不一定有用。

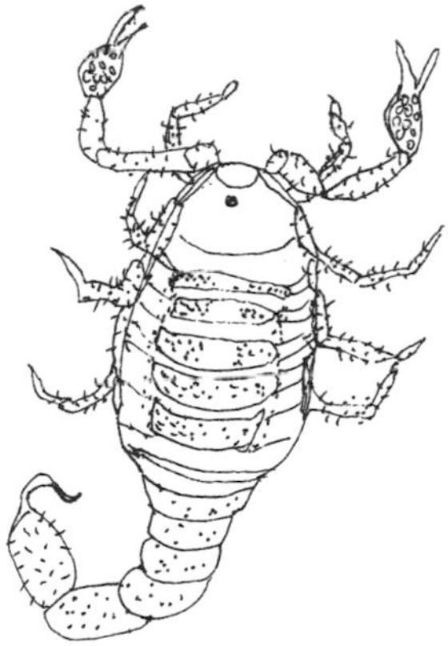

蝎子．3億年前泥盆紀的
變化不大．尾有毒刺

尊貴的牛

據說古時商代人好酒，所以酒器多（周代禁酒，酒器驟減）。尊，是儲酒器具，用於正式禮儀。禮儀用的青銅器帶有神聖性，尊貴的「尊」字，因此引申而來。李學勤《中國青銅器的奧祕》書裡寫到一頭尊貴的牛：

一九七七年湖南衡陽出土的牛尊，雖是水牛形象，卻增加了許多裝飾，尊蓋飾龍紋，上面有立虎。牛頸下飾夔紋，胸部飾饕餮紋，有一道扇棱，身軀兩側則飾大鳥紋。顯而易見，這已不是人間的水牛，而是和種種怪異動物相結合的神話中的奇獸。

禮儀性的聖器，自古以來不知有多少，但揉和了嚴肅與趣味的，卻不多見。尤其在這麼普通又憨拙的動物——牛身上做聖化的功夫，其「匠心」眞是令人吃驚。

洋學者說中國的青銅技術是由中東傳過去的，因爲中東在西元前三千八百年就有了用銅的痕跡，中國商代是西元前一千五百年。問題是中東跟黃河流域，當時如何有可能「文化交流」呢？只好假設：也許是各民族不約而同的大突破（突破了石器時代）。

鑄銅，先得做陶模，當時的陶藝，一定更爲精采。看那些銅器上的紋飾，還有的要加刻文字——燒製的陶模使文字在銅身上「定型」——這細節本身就夠迷人了。五千年或三千年，對大文學家簡直不算「數」；對人類文明來說，卻稀奇得不得了。剎那的靈感火花，說渺小夠渺小的，說偉大，也眞夠偉大的。

世俗化的鳳凰

雲南永寧納西族，人死火葬後，殺雞。一面殺，一面誦咒曰：這隻雞是你的夥伴，現在打發給你了。希望你倆一路同行，早去尋找你們的先人，他們在等待著你們。

本來對雞沒有什麼特殊的感情，生肖屬雞，又不是我自己選擇的。只因看了《中國古代神話》，書上追溯著那奇異的雲南風俗。我一路追隨，發現原來「雞」是他們的「導魂鳥」——鳳凰世俗化就是雞，他們說。

於是，開始搜集雞的藝品：雞畫、雞瓶、雞石、雞盤……每集得一雞，就想到某一顆靈魂和某種卑微的願望——期盼升天，等待重生。人與雞，結伴去尋找靈魂與鳳凰。死亡原本是黑色的，現在變得雞血般紅豔……巫師於是對悲傷的群眾說：

「讓我打發這隻世俗化的鳳凰，給你們帶路吧……」

神行太保的法寶

雲南白族的民藝品中，有一種「甲馬紙」，看來並不起眼。但是那種粗糙的木刻

趣味以及特別的名稱「甲馬」，卻深深吸引我。

甲馬紙，是把木刻圖案印在黃或白的裱紙上，用做符咒。最多是印在喪葬時焚化的紙錢上，因此所印圖案大抵爲天地大神、白虎玄武之類，一方面「往生仙界」，一方面「消災祈福」。

中國民間藝術，年畫、剪紙、縫與繡都在發揚光大，唯有這甲馬紙，我想它的命運不會久長——燒紙錢，不必一定用冥間的神祇開路；生病了貼張「病符」在家裡的事已是聞所未聞；小孩兒夜哭，還有母親會到廟裡討幅「哭神」來鎮靜？

雖說如此，甲馬紙卻會代代隨《水滸傳》傳世。因爲《水滸》裡的「神行太保」戴宗就是腳上綁了這「甲馬紙」才能日行千里，要行便行、要住就住。

翻出《水滸》第五十三回：

戴宗要找個伴同行到薊州尋取公孫勝。

吳用道：「你作起神行法來，誰人趕得你上？」

戴宗道：「若是同伴的人，我也把甲馬拴在他腿上，叫他也走得許多路程。」

李逵便道：「我與戴院長作伴走一遭。」

戴宗道：「你若要跟我去，須要一路上吃素，都聽我的言語。」

戴宗取四個甲馬，去李逵兩腿上綁了，口中念念有詞，吹口氣在李逵腿上。李逵拽開腳步，渾如駕雲的一般，飛也似去了……

後來，李逵嘴饞，路上偷吃葷食，結果腿不聽使喚，完全停不住腳，叫苦連天，很是有趣。

「敬神如神在」，這是深入民間一種虔誠的宗教情懷。甲馬雖只是粗糙的符紙，說吃素就該吃素，馬虎不得。這卻是我從前讀《水滸》時不曾想到過的。

水蛭治病

最近有醫學報導，用水蛭（吸血蟲）治癒血管阻塞的成功病例。

我偶然在柏克萊的Alta Bates醫院，一個展覽醫藥骨董的專櫃裡，看到一本用中文文言文寫的《歐氏內科學》。

書剛好翻到：

卷三　第六編

戊一　六百二十七頁

胸膜急炎

治法：初起之時，胸旁刺痛，有用水蛭嘬血法而癒者。

攤開的書旁有張小卡，以英文注釋著：

此書爲一九一〇年時，在中國北平當傳教醫生的Dr. Francis Jenks Hall所有，其上注解至今通用。

我一開始是對水蛭感興趣，後來看到那書上密密麻麻的英文注解，卻使我興起了無比的感動。

在那個年代的中國，有那樣一位誠懇用心的外國醫生把他的一生奉獻了出來。我彷彿見他白天給人看病，晚上在煤油燈下苦讀那深奧的中文的情景，爲了什麼？只有崇高的靈魂，才能活到這樣一無所求又一無所怨的境界吧？

我姓中

這隻犀牛是我的老友。

每次到舊金山亞洲藝術館，忍不住要去跟它打個招呼。

因爲「商（代）人尚鬼」（神權時代之故），造形總以神話動物爲多，非神「化」動物已屬稀有。這犀牛身上連一點暗示神奇的圖案都沒有，是商代銅器少之又少、幾乎絕無僅有「爲藝術而藝術」的動物銅器了。

一八四二年山東出土，不知什麼原因，竟流落在異域。每次去看它，總想問它：是否寂寞？

每回看它，也都覺得它的大眼回看著我，想說什麼似的。它滾圓滾圓的肚子，矮胖得憨，我從第一眼就愛上它。只有九英寸高，身上光溜溜的，背上應當有個蓋子，掉到哪兒去了？好想抱抱它，當個寵物。

犀牛尊，書上說是祭禮用的酒器，肚子底下刻了二十七個字，可惜有些字已認不清了，大抵是曾經擁有它的主人的名姓。

去看它的次數多了，發現它的頭上居然有兩隻角——中國古時產雙角犀牛嗎？這種品種，應當是東南亞才有的，卻從山東的土裡爬出來，它要證明什麼呢？是創造它的師傅眞的見過這種犀牛？是養過它的人愛它愛到要用銅鑄它下來？不會的，眞的動物可沒這麼可愛。

愛，原來是諸多細節的合成，清代學人說：「凡天下之事，假難而眞易。眞屬天機，假因人力，以人力而奪天機，是豈容易能之乎？」龍，難道比牛難做？但是《韓非子》論畫說畫鬼魅最易，畫狗馬最難呢。無論怎麼說，給我一百條龍，我也還是愛我這隻給美國人領養了去的犀牛。朋友說：

「雖給領養了，沒關係，它永遠姓『中』。」

好一個姓「中」的比喻。如今，我每次去跟它打招呼，好像它都在說：

「我還是姓中，中國的中。」

蠶馬記

蠶在中國文明扮演極重的角色，但是，關於牠的神話卻不多。最有名的是〈太古蠶馬記〉：

> 舊說太古之時，有大人遠征，家無餘人，唯有一女。牡馬一匹，女親養之。窮居幽處，思念其父。乃戲馬曰：「爾能爲我迎得父還，吾將嫁汝。」馬既承此言，乃絕韁而去……

後來，馬載父還，每見其女，舉止失常。做父親的問明了緣由。恐辱家門，偷偷把馬殺了，剝下馬皮曬在院中。一日，女至院中見馬皮，就說：「你是畜牲，還想娶人爲婦，眞是自作自受。」馬皮忽然飛捲起來，把女孩裹在其中，飛到樹上就不見了。過了幾天，樹上發現了蠶。人家就把那樹叫做桑樹，「桑者，喪也」。

蠶和馬，實在太「風馬牛」不相關。可是爲什麼古人卻有這樣的聯想？《中國古代神話》書裡考證出這個傳說發生的地點在四川，四川人把蠶叫做「馬頭娘」。又《荀子・賦篇》中說：蠶是「身女子而頭馬首」，大概從象形上發生了蠶與馬的聯想。

小時候我養過蠶，但是並沒留意牠的長相。現在要看一隻蠶，我得到圖書館去翻查圖片。身體像女人、頭像馬？（怎麼看，怎麼不像）千年來，依然存疑？原來考古的魅力，就在這裡。

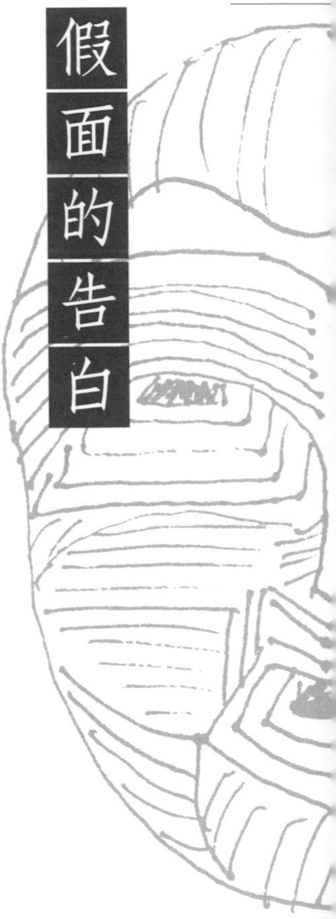

假面的告白

也許你聽說過這個故事：有位人類學家在非洲隨某部落的原住民生活了一段時間。一天，他給酋長畫了一幅肖像。

酋長問：「你畫誰？」

人類學家說：「你啊！」

酋長大搖其頭。他拾起樹枝，在地上畫了一個代表他們部落的圖騰，說：「這，才是我。」

我第一次在書上讀到這個故事，猛然一驚。平日我們從哲學文學藝術甚至科學裡頭，不停找尋答案的那個問題：「我是什麼？」好像那位酋長簡簡單單就回答了。

後來每次看到「圖騰」這字眼，就想起那位酋長。他對自己生命的意義與目的，沒有半點疑惑，圖騰變成他自信的面具。

神話的幽暗、禁忌的昏昧，原來是無限的崇高與光明。在不敢妄想人可以勝天的時代，群體的凝聚就意味著生存，而生存就是神聖與權威的童話，像天方夜譚那麼玄祕，又像科幻那樣現代。我就這麼莫名其妙愛上原始藝術中那些天眞得找不到路回家似的面具。

面具是原始人類無法落實的想像力的極致，代表他們詭異的企圖：想改寫宿命、想把前世的記憶召喚回

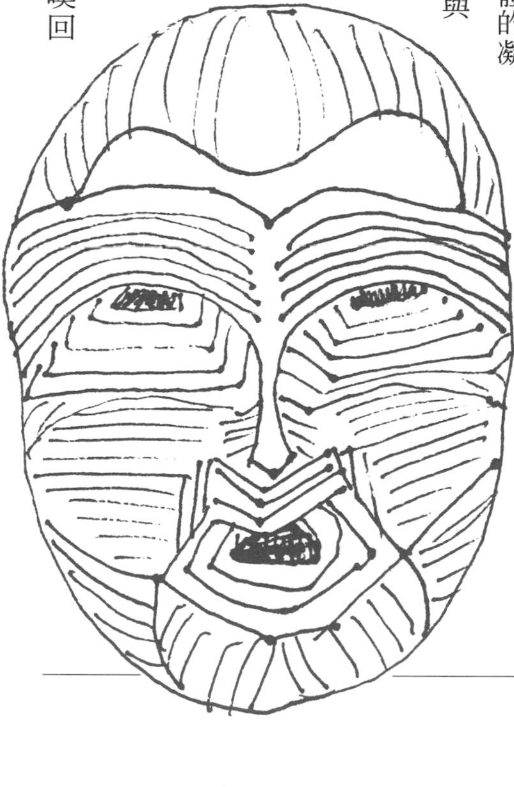

來、想將對宇宙的思維與幻化做適時的表現或超越。有時候，我們還可以從面具上隱約看出他們小心翼翼不敢放肆的幽默。

古代面具

原始人混沌不清的宇宙觀裡，上帝跟魔鬼差不多，陰間跟陽世等於翻版。對神諂媚、對死敬畏的普通人，需要仰賴有異能的人來當中介（靈媒、巫師），因此有異能的人也才能當國王、酋長或者巫師。這些「人上人」是否眞有異能？一戴上面具：旁觀的人相信他有，戴的人也自信面具會給他魔力。

照人類的理想主義來設計，所謂「異能」，最好像鳥能飛、像牛馬的體型壯碩，像獅虎的威風、蛇的機智、鴿的純潔……等等，集於一身。結果對上帝要求愈多的，他們的面具也做得愈複雜。面具成了有異能者通天的工具，如同魔術師的道具。

想像原始人狩獵或戰爭之時，戴起面具來一邊揮舞樹枝，一邊又叫又跳的樣子，有些動物看了，眞會嚇得落荒而逃。久而久之，面具當然成了重要儀式必備的一種神聖用具了。甚至葬禮上，還要給死人帶路去冥界。

埃及人給木乃伊戴上面具，好像給亡魂之家安裝門牌。他們相信人死後靈魂時常要出去旅行，回家要是認不得自己的肉身，眞是太沒有「面子」。早期木乃伊面具是麻布混合樹脂做成，表面鍍金。也有皇族用眞金製作。希臘人移民埃及後，才有用石膏做的。

非洲面具

如果我知道爲什麼要這麼畫，我就畫不出來了。

——畢卡索

面具是非洲原始藝術中的要角。

從前原始藝術沒有得到應有的重視，因爲「原始」好像意味著落後。後來，尋根變成時髦，人們才開始追索文明的根源。（一棵大樹，你能說樹根比樹幹、樹葉或花果落後嗎？）

但非洲面具卻因畢卡索名畫〈亞維農的姑娘〉才脫穎而出。那張半抽象畫裡，畢卡索畫了五個女人，其中兩人的臉，畢卡索畫的就是非洲的面具圖案。

狩獵、醫術、追悼、戰爭或其他特定的祭典，非洲部落各有獨具一格的面具。

我們現在看到的是它們的藝術性，但是當日做那面具的原始人，他可不懂什麼叫藝術。他只知道活在天地之間不容易：敬神、祛鬼、討好祖先的靈魂來保佑之外，也得給自己的七情六慾偷偷找個出路。

半人半獸，或頂在頭上，或扛在肩上，或綁在臂上，不一定要戴在臉上。反正是一種道具，一種使卑微昇華爲力量的象徵。

現代人（包括逐漸西化的非洲當地人）很難做得出那樣有深度的面具了。因爲原始人用直覺去生活、用想像去認知，面具是他們的《易經》、他們的《聖經》、他們的巫術和歷代祖先亡魂的大結合……我們現代人只能切割與分析，已不懂得整合的藝術了。

瓜地馬拉的面具舞

中南美洲某些地方，如瓜地馬拉的印第安族，至今仍有兩種面具舞的盛會年年舉行。

一種打獵時的「鹿舞」，通常戴鹿面具，後來演變爲「鬥牛」

舞。由三個鬥牛者、一頭牛和一隻猴共同演出。戴牛面具的跟戴人面具的互鬥，最後人被牛殺死，猴子把人的面具取下給他換上「死亡之面」，用擔架抬走。牛是神聖的，所以牛面具種類多並有人保存；人面具通常用紙漿做成，即興之作不打算長存的。（西班牙的鬥牛，不知道是不是由此演變而來？）

一種求偶婚配時的「蛇舞」。這是一種淫舞，由十二個男子與兩個女子同舞。男子戴上象徵各種職業的面具爲兩位女子相互打鬥，要打得頭破血流。女子除了戴面具，脖子上還眞纏著一條活生生的蛇，舞姿極盡引誘之態。目的是爲了娛樂，面具自然色彩鮮麗造形討喜，妖魔鬼怪的並不多見。但也不乏獨創之作，我有一個瓜地馬拉「公雞面具」，木質，綠底紅冠，正面看是公雞、側面看是母雞，臉面錐狀朝當中突出，眼洞只開了一個在正當中，質感粗糙，設計卻很聰明。

大洋洲面具

大洋洲是美洲與亞洲之間太平洋中星羅棋布的海島，包括美拉尼西亞（意爲黑人居住的島嶼，有名的是新幾內亞和斐濟群島）、玻里尼西亞（由紐西蘭到夏威夷）、密克羅尼西亞（意思是小島，有馬紹爾群島）。

當地的原始藝術中，面具保留得不多，一方面那裡海洋氣候，木質面具容易潮溼腐爛；一方面是歐洲的文化侵略所致，因面具多半與當地土人的原始宗教信仰有關，歐洲傳教士一來就視爲異端邪物，毀之惟恐不及（如今想要保護原始藝術，又悔之不及了）。

大洋洲人是討海的人。他們對水裡、天上的動物比陸上的尊敬多了：海龜和鱷魚是他們的創世祖，蜥蜴則是惡魔。

因而用海龜做的面具被視爲神聖，非但只有在成人儀式的會所內才可使用，儀式中戴此面具的巫師還要給那些變成大人的男孩講述祖先傳下的「創世說」。

巴布亞灣高普地區的凱威克面具，代表他們過去的領袖，每個都以一位強大的勇士命名，供在神龕中。

但是，大洋洲以面具來代表祖先的倒是不多，他們通常用頭像來替代。許多地方至今仍有把死人骨頭刮乾淨後收在「骨盒」中的習俗，骨盒並刻上先人的立體頭像。

大洋洲人膚色黑，有的像黑人，但面具非常強調牙齒。我想他們把牙齒雕得那麼仔細，可能由鯊魚來的

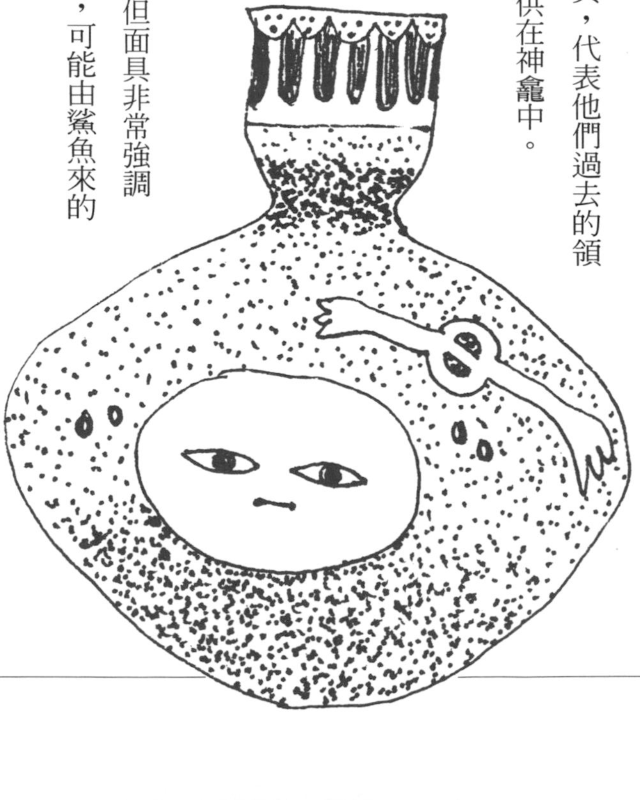

靈感。因為四周是海，捕魚是他們生活中的大事，尤其是捕大鰹魚和鯊魚之類。他們相信捕魚需要人與神靈合作——那些淹死在海中的先靈，會給他們指示魚的所在。

面具是祭儀品，一般存放在「男人公社」。「男人公社」是個工作室，但不僅是工作室而已。青春期少年在裡面過夜，沒有活動時，已婚男人在那裡小睡、休息、聊天和吸菸。女人大概一生中只能走進去一次，就是去向她未來的丈夫求婚。

大洋洲的土著深信：祖先與我們同在。所以面具上的頭髮往往是眞的先人遺物——取自死者。自己已去世祖先的東西，別的家族是不可以碰的。

儺面具及其他

中國京劇的臉譜藝術舉世聞名，但到底不算面具，應當屬於一種規格化的舞台化妝。

中國最有名的面具，我想非儺面具莫屬。

貴州一帶少數民族的儺戲被稱爲戲劇的「活化石」，至遲宋代已有，是驅邪酬神帶有宗教色彩的民間戲劇。儺戲淵源於古代的儺舞祭，因此儺祭面具演變成儺戲一大特色，可以想見。

儺戲面具不外三種類型：正神、邪神、人物；人物又大致可分三型：將軍、道人和丑角。有些原始粗獷怪誕的面具，跟非洲黑人面具極爲類似。有些現代儺面具，已明顯受到外來影響。

面具最能反映民俗，即使跟宗教信仰的關係漸行漸遠，但作爲一種民間藝術，我想它還是有很大的發展空間。

同樣位於東亞，爪哇人崇拜神靈的祭儀以及替村人消災祈福的舞蹈中，會戴上色彩鮮豔的木雕面具。面具內側用藤條或木弓綁著舌頭狀的皮革，使用時用嘴咬住。

如果是驅魔，面具代表災禍，祭儀後會把面具焚化。

日本人崇尚白色，無論「能」劇面具或日常化妝，都喜歡把臉塗白。六〇年代日人在現代舞的藝術形式「大造反」時，創立了一種先鋒派的實驗舞蹈：男人光頭、女人長髮，男女舞者一律全身裸體塗粉，白得如石膏像一般。後來這種舞蹈傳到歐洲，還得了一個專有名詞——BUTOH（日語「舞」之意）。在日本，白色是神聖，也是「沒有自我」的象徵色吧？

現代面具

說謊：戴了面具的眞實面。

——拜倫

雖然現代人把面具當成一種裝飾性的藝術品看待，但化妝舞會、節慶遊行，其實還是宗教祭祀與特殊禮儀的殘存。戴上奇形怪狀的面具，好像不必爲人潛意識的「野蠻本能」負責似的。這些面具雖只「虛有其表」，非聖非魔，好玩而已，但從藝術的觀點看來，無論古今，人的創造力其實也是「與魔相通」的。

有一年去瑞士，在洛桑街上巧遇他們的遊行。遊行隊伍中，每個人都把臉塗個漆黑，手上敲著牛鈴，使我想到美國的萬聖節（鬼節）。有趣是有趣，就是弄不清他們是要驅鬼，還是他們的造形就代表有鬼附身。

經過歲月的淘洗，去蕪存菁，面具在現代已無多大實用價值，但用來作爲一種傳統的象徵，還是有跡可尋。譬如：希臘的古典劇中，合唱團每人手持一個面具上台；英國法院裡法官和律師戴著假髮似的帽子出庭，假髮，可以看成是一種「假面的變相」；美國三K黨戴恐怖的面罩種種。

我們也可以說：

文人戴文人的面具、政客戴政客的面具，演員不用面具卻隨時可以戴上透明面具。模特兒戴同一個模子做出來的「微笑面具」或無表情的「酷面具」。嬉痞戴的是「抗議的面具」，科幻世界的外星人個個像戴了面具的地球人——這不恰好證明：我們對外太空那個「超現實」的宇宙，像原始人面對大自然，有著同樣的無知與不安全感嗎？

也許，世間最能給人以安全感的就是「平凡」，平凡就是戴上「與眾相同」的面具。

基本上，只要人類心靈深處有未知的恐懼、有想像的希望、有超越的寄託，就會有面具的存在。

巴比倫花園與十八拍的還鄉夢

西元前多少年，

已經不重要了。

這兩個故事在我的心上，像一對沉重的翅膀，無論如何飛之不去。拍了拍兩翼下的風，寒風習習，因爲沉重，早已變爲沉痛。飛不起來了嗎？還是我故意牽牽絆絆，不讓它們飛去？

燈下，我翻著繁瑣的古代史。中東老是一片混亂。由美索不達米亞到希臘羅馬，沙漠裡的蠻漢，老想侵奪水邊樹下文雅民族的物產；種田蒔花的民族一有機會就要復仇。細緻耽美的希臘人，連石頭雕刻的俊男，鬍子都刮得乾乾淨淨，怎麼會不痛恨粗野的波斯人滿身的風沙滿臉的毛髮？

人們不是不企盼和平。和平的代價，可笑的，不是戰爭就是女人。

女人是祭台上的一塊肉。春祭、雨祭，太陽神、牛鬼蛇神……全喜歡純潔無辜的女孩子？因爲純潔，所以容易欺騙；因爲無辜，所以容易欺負；因爲一旦說服不了，容易綑之綁之使之就範？那純美的少女，果眞都是從容就義的？這樣漂亮的生，這樣漂亮的死，在這不完美的世上，多麼叫人嚮往令人動容！獻祭的愚民們，是在追求著他們在塵世所欠缺的嗎？還是用那少女作爲他們那一點點可憐的形而上夢想的象徵呢？

總之，巴比倫時代，有位波斯公主被送到伊拉克皇宮裡，做了以聯姻來消弭戰爭的祭品。她成了巴比倫國王Nebuchadrezzar（光念這名字就夠瞧的）

最寵愛的后。

春天，她想念娘家院子裡發芽的樹。她多麼喜歡發芽——樹上冒出來的芽、地下破土而出的芽、含苞待放的芽、花落果結的芽……還有鄰家孩子們的小牙。

國王把他國土上的遍地黃金都拿來送給了這個小女人，甚至還用三十二顆人的牙齒做了一條項鍊獻上——都沒有用。小女人的心上是樹，綠油油的橄欖樹。

夏天，她想念童年時游泳戲水歡笑在陽光下的河。她多麼喜歡水——閃亮的水、流動的水、當鏡子來照的水、輕輕唱著短歌自娛的水……還有那水一樣的柔情。

國王心疼又著急。大漠南北一片黃沙滾滾，這裡是連綠洲都沒有的沙漠，哪裡有水？國王問蓋神廟的總管大臣：

「你們和土做磚的水，哪裡來的？」

「很遠很遠的海邊，很遠很遠的河邊，千萬個奴隸引送來的。」

「你們把磚頭中間挖個洞，替我送些水來給皇后吧。」

秋天，有人送來一塊挖洞的磚頭，裡面種了一朵小小的秋葵，皇后笑了。

世界上第一個花盆與花的故事誕生了。

皇后的心正是此刻我在燈下想著寫著編造著這不知是否眞實的故事時同一顆歡喜與感傷並存的心。

冬天，國王下令全國動員，給他心愛的妻，建造一座史無前例的花園——巴比倫的Hanging Garden。Hanging是碧綠的藤蔓由土黃的城牆上一株株往

下垂懸的意思嗎？Hanging是懸吊在半空中一樁偉大的愛情事件嗎？Hanging在那裡的究竟是虛幻的美夢，還是一個生機盎然的花園？

只有三畝地的巴比倫花園，變成了沙漠裡的奇蹟、歷史上的遺跡——早已了無蹤影；可是，這愛的奇蹟，永是我心上那未完的故事，生生不息。

我又想起古代的中國，中國的東漢，東漢時蔡文姬的故事。

蔡文姬是蔡邕（與曹操有管鮑之交）的女兒，博學多才；戰亂間被胡人擄去，在匈奴地住了十二年。

這十二年裡，有沒有像巴比倫國王那樣深情的男人愛她呢？沒有人在意，她的詩文中只提過一句——胡人寵我兮有二子。想必胡人的愛情，在漢人眼中亦是粗鄙而魯莽的吧？

〈胡笳十八拍〉裡，她娓娓說起她的番邦生活：

冰霜凜凜兮身苦寒，飢對肉酪兮不能餐。夜聞隴水兮聲嗚咽，朝見長城兮路杳漫。……

日暮風悲兮邊聲四起，不知愁心兮說向誰是。原野蕭條兮烽戍萬里，俗賤老弱兮少壯爲美。逐有水草兮安家葺壘，牛羊滿野兮聚如蜂蟻。草盡水竭兮羊馬皆徙，七拍流恨兮惡居於此。

和番的祭壇上，王昭君，甚至文成公主的名氣都比蔡文姬大得多，然而，我獨對文姬備加偏憐。也許別人以爲文姬後來因曹操痛蔡邕無嗣，用重金將她贖回，她的犧牲並不徹底。我卻覺得：昭君一生只斷腸一次；文姬卻斷腸了兩次……一次離鄉，一次別子。

每讀到〈十八拍〉的十三拍以後，忍不住悲從中來。母親與愛子活生生被拆散的情景，歷歷如繪：

撫抱胡兒兮泣下沾衣……一步一遠兮足難移，魂消影絕兮恩愛遺……肝腸攪刺兮人莫我知。

身歸國兮兒莫之隨，心懸懸兮長如飢。四時萬物兮有盛衰，惟我愁苦兮不暫移。山高地闊兮見汝無期，更深夜闌兮夢汝來斯。夢中執手兮一喜一悲，覺後痛吾心兮無休歇時。

郭沫若稱譽〈胡笳十八拍〉爲屈原之後最好的抒情長詩。但是，蔡文姬在文學上始終沒有大家地位，我原先以爲因她是女子之故。據郭言：

無論在形式

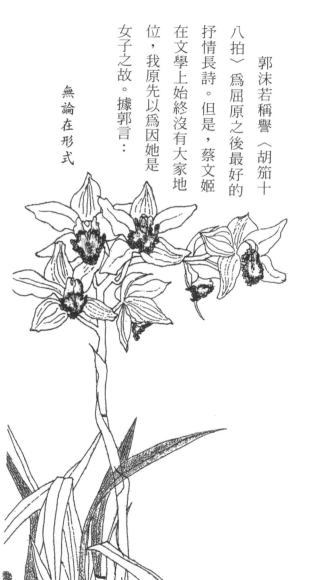

和內容上，〈胡笳十八拍〉那種不羈而雄渾的氣魄、滾滾怒濤一樣不可遏抑的悲憤、絞腸滴血般的痛苦，絕非六朝人乃至隋唐人所能企及……

把天地神祇都詛咒了，感情的沸騰、著想的大膽、措詞的強烈、形式的越軌，都是古人所不能接受的。她思想大有無神論的傾向，形式是民間歌謠的體裁，既有傷乎「溫柔敦厚」的詩教，又雜以外來影響的胡聲，因而不能登大雅之堂。

爲文姬悲乎？爲文壇悲乎？夜讀〈十八拍〉，一拍一悲。神遊了巴比倫的空中花園，又嘆文姬被淹沒之才，天地悠悠，恍若一夢。

哪裡是眞正的家園？哪裡是眞正的愛？

面具與蛇

這個題目，多好，曖昧、隱喻，充滿小說意象。

但是，寫小說的朋友跟我說：「小說到了你手上，反正也成散文。」眞是知我者言。寫作是命，不想連寫作的文體都有定數。

起先，我只想寫成一篇考古隨想，譬如：

面具與蛇，孰先孰後？

《文明的軌跡》書中，馬王堆一號西漢墓裡，有個棺材上的漆畫，非常有趣。據說可能是中國最早的連環畫，由連續五個畫面組成。

一、一隻白鶴低頭伸頸，尋找毒蛇。
二、牠發現了一條蜿蜒前行的蛇。
三、白鶴將蛇捉住銜送「土伯」。
四、土伯一手執蛇張口欲吞。
五、土伯吞蛇後高興地舞蹈。

所謂的「土伯」，是一個獸首人身的「神怪」——考古學家說是驅鬼祛邪的神，是想像出來的。但我卻覺得他像是戴著面具的巫師，也許不是憑空想像？巫師、法師，素面相見，說服力到底弱些。用面具轉化人的角色，其實是經濟實惠的發明。平劇臉譜隨演隨畫，好像用完就丟的面具，方便又聰明。印第安人的彩繪紋面或台灣原住民的刺青，一生能洗心而不能「革面」，也怪痛苦。

在故宮博物院，還可看到漢人死後用金縷玉衣來保護屍身，偏偏臉就不去保護，怎麼沒想到面具呢？

蛇的形象，在這連環圖中，據說是邪鬼的化身。推想楚地潮溼多蛇，古人怕蛇入墓穴鑽毀屍體，因此求助土伯來驅蛇。

西漢距今兩千多年，兩千多年前的西方，蛇卻不見得是邪惡的，他們常尊蛇爲「死神」。馬雅文明中，印第安人尊蛇爲聖，把蛇身配上鳥翼，當天神崇拜，還說牠雙顎一張就能孵化出其他生物。跟中國的龍，想像同出一轍。

法師戴上面具，不再代表人，成爲人神之間的「新階級」；神性，好像充其量也只能由「非人非獸」來反證而已。

「土伯」與蛇的關係，變得如此曖昧，一個是「非人」，一個是「非獸」，舉行著類似祭典的儀式，實在大大超越了「現實」的範疇。論想像力之豐美，古之天才，今人未必能及。

面具的尊嚴

文章寫到這兒，看看實在生硬，就打住了。

人到中年的悲哀，不是別的，而是開始懷疑：人是生命經驗的創造者，還是行爲法則的奴隸？感情都在懷疑中一一戴上了理性的假面。

土伯把蛇吃了，高興得手舞足蹈。然而，這是棺材上的畫呢，別忘了，底下還躺著一個死了的人。

土伯可以吃蛇，終究是吃不了死亡的。這圖，也許是考古家的喜劇、文學家的啞劇，但在我心上，它始終代表著某種偉大的失敗。

我還是不能忘懷這個「小說」似的題目。

用旁觀的心情來看所有的人生，其實都逃不出這個主題。世上的蛇，無處不在，人受夠了做人的極限，恨不得一戴上面具就能重新來過。

面具之下，人身人形好像變成一種暫時的「狀態」；因爲是暫時的，死亡奪走的就不會是全部；只要不是全部，就還有希望……

神父的故事

這個故事是千眞萬確的，縈擾我心許多年。宗教與蛇與面具，像埋到地窖裡的一罈酒，日子一久，醞釀成我回憶裡的收藏品，是寶藏的，不是用來痛飲的。

當年它曾是花邊新聞，大紅花邊的那一種。二十多年後一個晚上，偶聽酒後閒言（謝謝那些閒話的製造者，要不是這些蜚短流長，芸芸大眾的日子有多麼無聊？）……

「記得某神父嗎？」

「記得，當然記得。他不是結了婚，去了菲律賓嗎？」

「是啊，最近有人看見他，在菲律賓，一個公用水龍頭旁邊。身邊站了幾個小蘿蔔頭，都是他孩子。」

「他太太呢？」

「聽說跟人跑了。你知道，在菲律賓有句名言：愛情像冰塊，見熱即化，化了就沒了。」

「幾個孩子？五個？五個都是他的？」

「這有什麼要緊？」

眞的，是不是全是他的孩子，有什麼要緊？

人生到了這步田地，還有什麼是要緊的？那一晚，我幾乎失眠。

其實，我只見過他一次，因爲他曾是我弟弟的中學校長。弟弟住校，有一次違規，周末禁足不得回家，爸媽派我去學校看望弟弟，先見到了校長。

他是我所尊敬的一位，從前是，現在還是，一直都是我尊敬的一位神父。

他長得「酷」，天生的吸引力並不能在教規下掩藏。（宗教的包裝紙，再好，也包不住某種火花。最酷的人，往往是最漏電的人。）

也許，人老了，才合適信教。年輕與宗教，像獵人與獵物、面具與蛇……除了上帝的愛，人間所愛不過幻影，只有老人才配說這樣的台詞。我親愛的神父校長，他愛上帝，上帝愛他嗎？女孩子一見了他，就想把他由上帝那裡搶過來。

他終於要求還俗。那個時代，還俗就是叛教。據說，他提出離教時，掉下了眼淚。也許是我過分羅曼蒂克，是的，我對傳聞中的「落淚」細節，非常非常動心。

那個淚眼汪汪中，有許多可寫。啊，年輕時的我是多麼的卑劣，我把他切割了又切割，想把他的痛苦放大了來寫。殘忍啊，文學與宗教的分野不就在此嗎？視死如歸的殘忍，在文學的巧言令色裡，被稱作昇華；在理所當然的宗教裡，被稱為墮落。至於祭品本身，蛇咬死的那人，他是戴起面具去就刑還是摘了面具才去的，有什麼要緊？

「又怎麼樣？在菲律賓，回到原始生活，洗衣做飯養活被遺棄的自己和孩子們，又怎麼樣？」

不過是個一面之緣的神父，由於文學的想像發酵，卻可以成爲經典（原諒那些作家們殘忍的企圖吧）。我漸漸老了，漸漸懂得許多故事如同陳酒，打開不如珍惜著。

這題目，多好，可以涵蓋所有的迷惑，有如《浮士德》。

讓我們設想——舞台上，蛇戴著愛情的面具對那青春貌美的女子說：「我用這張愛情面具交換你的靈魂吧。」

純情的女學生（毫不考慮）說：「我願意。」

神父（著急地在一旁）問：「面具底下，是獸，難道你不知道？」

女孩子說：「知道又有什麼要緊？靈魂我看不見，獸的蠢動我卻有希望馴服。」

蛇（大笑）得意著說：「有一天，我會讓你看見靈魂的，等你把面具還我的時候……」

我們還可以設想——舞台上，女學生對神父唱道：

我可憐的頭腦，已經癲狂
我可憐的精神，已破碎零星
我失去安寧，心裡苦悶
我臨窗，爲的是把你來盼
我出門，莫不是想與你相逢
我的心意，急欲將你追尋
啊，你的步伐多麼豪邁
你的風采多麼英俊
你的微笑多麼溫雅
你的眼神多麼雄勁

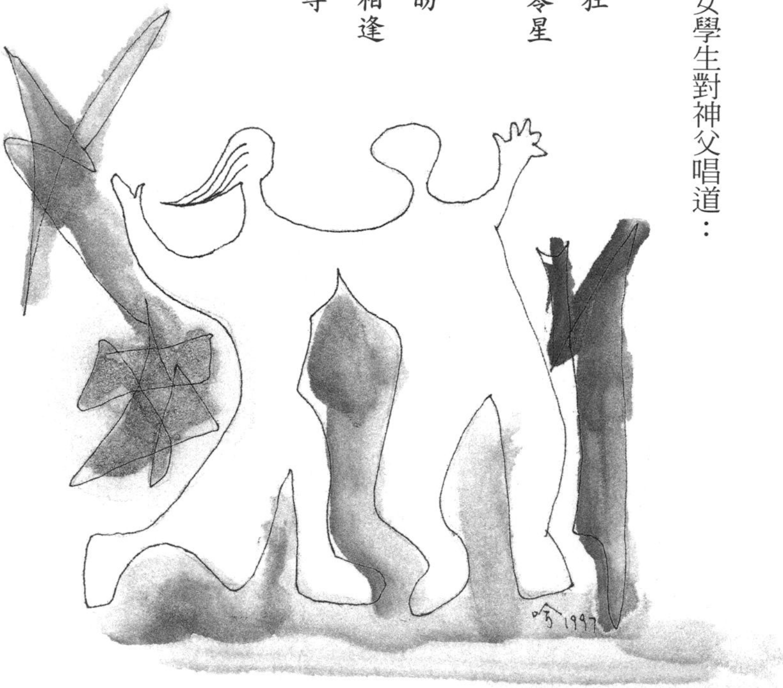

你講話的音調宛如魔泉的流聲
還有，還有你微妙的握手……
我失去安寧，心裡苦悶
恨不能將你擁抱
若是我能給你痛苦的一吻
就是在親吻中殞命
我也甘心情願

神父對蛇（戴上神的面具）說道：

一邊是那迷人肉體的呼喚
一邊是我怯懦的善靈
父啊／呼你不應

爲何丟我在這深山谷底
天堂難道不是爲了地獄才有
拯救難道不是你派給我的天職
我身邊的人兒不得救援
天堂地獄又有何意義
親愛的女人！請把面具還給那蛇
讓我來爲你捨身
用我的靈魂抵押！

舞台下，我倒是眞去了一趟菲律賓，滿街搜索：從椰子樹，到太平洋；一條被戲稱爲「黑龍江」的骯髒水溝從破落的中國城裡穿過，像豪華的馬尼拉割之不去的盲腸，時時在我身上作痛。在一間歷史古蹟似的美麗的教堂門口，一對情侶結婚，白紗與鮮花都是老套，唯獨教堂裡只亮了三分之一的電燈。我問朋友：「爲什麼婚禮要在這麼暗的光線裡舉行？是爲情調？」

朋友說：「什麼情調，可憐這家人窮——教堂看你奉獻的錢有多少，就亮多少燈。」

我心上一驚，深深地震動，不能明白宗教爲什麼也可以腐化。十字軍東征，帶給東方的難道是文明的黑暗？我忽然想起我那舞台上的神父：他跟蛇要來的面具，正是那少女爲他還給了蛇的。好像我們一生，選擇只有兩樣：同樣的面具，不再同樣的心；或者，同樣的心，不同樣的面具。至於愛情、靈魂……也不見得要看清了，才能偉大。

我思來想去，最後只剩下一個題目，空白好看。

面具·與·蛇，是它們串通了愚弄我？還是我自己把它們聯想得過分了？讓面具歸面具、蛇歸蛇，就沒事了，悲劇全在那個「與」字。請原諒，原諒我明知一說便俗，還不捨得——放棄。

鳶尾：刺穿靈魂的花

最近迷上鳶尾花。愛它薄如蟬翼的花瓣、輕靈似展翅欲飛的花姿，尤愛那剛直如劍的葉鞘。

梵谷畫過一片種滿鳶尾的花田，浪漫到奢侈的地步。比起他的向日葵，我倒是偏愛他的鳶尾。也許，我的個性適於接近沉鬱的海藍，無緣欣喜濃豔的金黃。

翻查藝術史，我偶然發現「基督教畫派的符號與象徵意義」，居然有一處特別提

及鳶尾：

鳶尾，拉丁語意爲「如劍的百合」，取葉形如劍之故。十五、六世紀宗教畫的聖母與聖子圖上，用來象徵基督受難時瑪利亞的悲痛。因爲〈路加福音〉第二章第三十五節，先知西默盎曾對瑪利亞說：

「看，這孩子已被立定，爲使以色列中許多人跌倒和復起，並成爲反對的記號……至於你，要有一把利劍刺透你的心靈……」

那樣溫柔的花，配的是那樣鋒利的葉子；一顆慈母的心，爲愛子的苦難而鮮血淋漓……世上的矛盾與殘酷又何止於此？

梵谷畫鳶尾，或許每一筆都是生命。如今，我畫鳶尾，每一筆……都痛。

【著陸】

默戲

這本《魔毯》其實是《捨不得》的姊妹書：《捨不得》收藏感情的記憶；這本書網羅的則是知識的冒險與追索。

思想的叢林裡，我曾遇見幾棵難忘的樹幾片造形奇特色彩絢美的葉子，捨不得不記，就寫下了這本書。

我心裡其實還有許多題目，想寫未寫。年紀到了失去毅力的時候，再好的都不過廢墟。年輕時捨不得說捨不得寫；如今捨不得不說，想寫卻無從寫起。

譬如：有一回去看法國默戲，有個無頭的游魂到處找他的頭。他看得見別人，別人看不見他。

他的世界很黑暗，暗得只剩下空中吊索上那些靠著非理性的人的意志力才能創造出來的肉體，在那兒發出星星一樣的光，閃爍著令人驚恐不安的美，不知是在冥界還是人間，帶給我的震動很大。

我愈想寫他就愈覺到自己的渺小、渺小，如不敢出世的胎兒。偶爾跟人提起，從來沒有人問我：後來呢？

我只有到迷宮一樣的書上自己找線索。

不知如何寫起，就時常顧左右而言他。

終於也把這個心事當床邊故事一樣說給了我的小外孫女兒聽。

她仰起三歲的小臉，睜著可以投影的大眼睛問道：

「找到了沒有？」

忽然明白：從來我就沒有給過他找到的機會呀！

於是，我輕輕地對她說：

「找到了！現在，找到了。」

國家圖書館出版品預行編目資料

親愛的魔毯／喻麗清著－－初版.－－臺北
市：大塊文化，2006【民95】
面；　公分.－－(catch；97)

ISBN 986-7291-95-6(平裝)

855　　　　　　　　　94026543

LOCUS

LOCUS